世界抒情诗选

假如我能使一颗心不破损

[英]拜伦等 著 冯至等 译

北方联合出版传媒(集团)股份有限公司
春风文艺出版社
·沈阳·

图书在版编目（CIP）数据

假如我能使一颗心不破损：世界抒情诗选 /（英）拜伦等著；冯至等译．— 沈阳：春风文艺出版社，2020.11

ISBN 978-7-5313-5837-4

Ⅰ．①假… Ⅱ．①拜… ②冯… Ⅲ．①抒情诗—诗集—世界 Ⅳ．① I12

中国版本图书馆 CIP 数据核字（2020）第 156793 号

北方联合出版传媒（集团）股份有限公司
春风文艺出版社出版发行
http：//www.chunfengwenyi.com
沈阳市和平区十一纬路 25 号 邮编：110003
辽宁新华印务有限公司印刷

责任编辑：	韩　喆	责任校对：	曾　璐
整体设计：	杨光玉	印　　张：	9
幅面尺寸：	145mm × 210mm	字　　数：	181 千字
版　　次：	2020 年 11 月第 1 版	印　　次：	2020 年 11 月第 1 次
书　　号：	ISBN 978-7-5313-5837-4	定　　价：	45.00 元

编者的话

20世纪80年代和90年代，《世界抒情诗选》及其续编先后诞生于春风文艺出版社，两本诗集汇聚了不同风格和流派的诗人，遍采世界诗坛耀眼夺目的花朵，使抒情诗在很长一段时期风行于中国大地。

现在我们重编抒情诗选，目的在于选取最能深入人心的篇章，铺陈最广博的视角，延续经典版本的设置与精神，植根于为每一位认真生活的人提供认真读好诗机会的想法。这些诗歌流传至今，没有丝毫价值的削减，反而更加熠熠生辉，和它们的作者一样闪耀着人性的光芒。在诗文中编者没有设置过多的注释，希望读者可以专注于诗句与整体意境本身，诗前简略介绍了作者的生平与创作特点，因其各自传奇或坎坷的一生有助于理解诗歌中的种种心境。本书作者画像由翻译家高莽和曹金秋等绘制，留存20世纪80年代拙朴且质感的人物形象，为已情绪饱满的诗歌补充一份现实的沉淀。

我们期待此版诗选可以为读者打开世界诗歌大门的一点缝隙，呈现16个国家67位诗人的思考与情绪，无数同样的文字在他们笔下变幻流转，组合成千差万别却同样震慑人心的诗句。在这里，读者读到的不仅是诗歌，也是诗人的一生，以及每个人对昨日、今天、此刻和未知的感悟与共鸣。

感谢刘湛秋先生，他的选编与简介为今天的出版奠定了踏实的基础，他提出的“世界抒情诗选”主题开拓了诗选出版的先河。感谢在版权联系过程中提供帮助的老师们，是他们的无私与热情推动了这本选集的进程。希望能听到广大读者对本书提出批评建议，我们将加以改进。

目 录

世 界 抒 情 诗 选

Molana Jalaluddin Rumi

莫拉维·贾拉鲁丁·鲁米（1207—1273），伊斯兰教苏菲派圣哲、诗人。有世界影响力的宗教家，也是与菲尔多西、萨迪、哈菲兹齐名的波斯“诗坛四柱”。被评价为“属于整个人类的伟大的人文主义者、哲学家和诗人”。受到黑格尔、歌德、伦勃朗、泰戈尔、纪伯伦等人的高度赞誉。

那些感觉不到这爱的人

那些感觉不到这爱的人
要拉动他们就像拉动河流
那些无法畅饮黎明
犹如一杯春泉的人
那些无法品味夕阳
犹如丰盛晚宴的人
那些不想改变的人

让他们睡吧

这爱超出神学研究
古老的骗术和伪善
如果你想如此提高你的学识

继续睡吧

我心中早已放弃

我早已将衣料撕得粉碎

远远抛开

如果你还没有完全赤裸

那就用你美丽言辞的衣袍

包裹你自己

然后去睡吧

DNA 译

找　你

从我第一次听到爱情故事的那一刻起，
我就开始找寻你。
并不知道那样做是多么的盲目。
爱人不是最后才在什么地方相遇，
他们早就一直在一起。

宋兆霖　译

但丁

Dante Alighieri

但丁·阿利吉耶里（1265—1321），意大利诗人，现代意大利语的奠基者，欧洲文艺复兴时代的开拓者，以史诗《神曲》留名后世。生于没落贵族家庭，早年参加新兴市民阶级反对封建贵族的斗争，曾当选为佛罗伦萨共和国行政官。后因代表罗马教廷的反动势力抬头，1302年被终身放逐。早期抒情诗集《新生》歌颂理想中的爱人，表达对美好生活的渴望。代表作《神曲》广泛反映中世纪后期意大利的社会矛盾，激荡着强烈的人文主义精神。恩格斯评价说：“封建的中世纪的终结和现代资本主义纪元的开端，是以一位大人物为标志的，这位人物就是意大利人但丁，他是中世纪的最后一位诗人，同时又是新时代的最初一位诗人。”

高贵的神奇

我的恋人秋水般的眼里漾着爱情，
熠亮的眼波把一切全化为纯真；
她走过来了，每个人都痴痴地望着她出神，
听到她的声音更心跳怦怦，乱了方寸。
一阵阵炙热的风烧烘你脸孔，
诅咒自己的每一件恶行，
傲慢、暴戾，在她的面前消失了踪影！
女士们，请和我把她同声歌颂。
谁聆听她银铃似的爱语，
心中自涌出万般甘美、温情，
谁首先目睹她的芳容，真个叫人销魂。
当她露出盈盈的微笑，
无法用笔墨形容，又难以牢记心中，
因为那是高贵的神奇！

吕同六　译

彼特拉克

Francesco Petrarca

弗兰奇斯科·彼特拉克（1304—1374），意大利文艺复兴时期的杰出诗人，文艺复兴第一个人文主义者，被誉为“文艺复兴之父”。抒情诗集《歌集》是他的代表作，大多抒发对少女劳拉的爱，披露自己复杂的感情。他的十四行诗，几臻完美境界，为欧洲近代抒情诗歌的发展开辟了道路，为他带来世界声誉。但丁、彼特拉克、薄伽丘是文艺复兴的先驱，被称为“文艺复兴三巨头”。

此刻万籁俱寂

此刻万籁俱寂，风儿平息，
野兽和鸟儿都沉沉入睡。
点点星光的夜幕低垂，
海洋静静躺着，没有一丝痕迹。
我观望，思索，燃烧，哭泣，
毁了我的人经常在我面前，给我甜蜜的伤悲；
战斗是我的本分，我又愤怒，又心碎，
只有想到她，心里才获得少许慰藉。

我只是从一个清冽而富有生气的源泉
汲取养分，而生活又苦涩，又甜蜜，
只有一只纤手才能医治我，深入我的心房。
我受苦受难，也无法到达彼岸；
每天我死亡一千次，也诞生一千次，
我离幸福的路程还很漫长。

钱鸿嘉　译

满脑子甜蜜的幻想

满脑子甜蜜的幻想，使我与别人
全部疏远，因而我独自浪迹天涯，
经常神思恍惚，忘乎所以，
寻找我避而不该见到的她。
我见她如此娇美而凶狠地走过，
我的灵魂战栗，而不敢飞向她；
她，发出阵阵的叹息，像在保卫自己，
她是爱情之敌，也是我的冤家。
哦，如果我没错，我在高扬而阴郁的
眉间，看到一丝怜悯的光芒，
使我那颗忧伤的心豁然开朗。
于是我又振作精神，我正想
在她面前冒昧地做一番表白，
可要说的太多，不敢启齿把话讲。

钱鸿嘉　译

哈菲兹

Shamstein Muhammad Hafiz

沙姆斯丁·穆罕默德·哈菲兹（1320—1389），14世纪波斯最著名的大诗人。少年时就开始写诗，20岁时便以过人的才华引起王公贵族的注意。巴格达和德里的君主都曾邀请他去做宫廷诗人，但他追求的是独立和自由，一生从未离开自己的祖国。哈菲兹的抒情诗主要歌吟春天、鲜花、夜莺、美酒和爱情，表现了对自由、美好生活的向往，对社会中强权压迫的愤懑。爱情的主题贯穿他的全部诗章，是他最得心应手的题材。作为享有世界声誉的诗人，其作品早已被列为世界古典名著。

我饱尝了爱情的折磨

我饱尝了爱情的折磨，
请君莫问为什么！
我尝到了离别的苦汁哟，
请君莫问为什么！
我周游了整个世界，
去寻找情人的足迹，
我终于找到了她，
请君莫问在哪里！
心啊，我是多么渴望，
用我滚滚的热泪，
冲洗她门前的泥土——
请君莫问为何故！
昨夜从她的嘴里，
我亲耳听到她的话语，

她说了些什么呢?
请君莫要寻根究底!
当我把她的红唇亲吻,
她怒颜不语不动心,
她紧紧咬住嘴唇,
为什么——请君莫问!
由于没有你的相伴,
在我这行乞者的茅舍,
我忍受了多少折磨——
请君莫问我!
如同哈菲兹一样,
尽管敌手们嫉妒,
我却游历了爱情的国度,
请君莫问是何处!

邢秉顺 译

世上的蔷薇千朵万朵

世上的蔷薇千朵万朵，
只要一朵对我笑，我就心满意足；
草原上翠柏挺拔秀丽，
阴影落我身，我就心满意足。

让我离开他们吧！
离开这些伪善之徒。
世上的珍宝无数，
奇妙的酒杯在手，我就心满意足。

奖赏他们的行为，
赐给天堂的宫殿。
我们是乞丐，是流浪汉，
有了酒店，我就心满意足。

请坐在这溪流岸边，
看看这生命的浪花飞舞。
对这转瞬即逝的世界，
看上一眼，我就心满意足。

看看这世界的荣华富贵，
看看这人世的磨难悲苦。
假如还不能满足你贪婪的心，
对这有得有失，我就心满意足。

我的情人伴在我的身旁，
我哪还有更大的需求！
我心爱的人儿哟，
有幸与你倾谈，我就心满意足。

不要让我去寻找上帝的天堂，
从你的门前把我驱逐，
你那月下的小巷，
能够供我栖身，我就心满意足。

哈菲兹哟，不要怨天尤人，
不公正地抱怨自己命苦。
有这清澈如水的思想，
这娓娓动听的情诗，我就心满意足。

邢秉顺　译

Pierre de Ronsard

皮埃尔·德·龙萨（1524—1585），16世纪法国的桂冠诗人。少年时在宫廷当侍童，显露各方面的才华。16岁时不幸突患痛风，变成半聋。1547年进科克莱学院学习拉丁文和希腊文。院长很器重他，称他有希望成为法国的荷马。他跟多拉及同学杜·倍雷结成七星诗社，成为该社的首领。这个诗派成为法国古典主义的源泉，也奠定了近代抒情诗的基础。他的诗在其死后，受到古典主义作家的批判，被人们淡忘了两个世纪。随着法国浪漫主义的兴起，才由大批评家圣伯夫恢复了他的光辉名誉。

除了你，我不会另有所爱

除了你，我不会另有所爱，
爱人，我不会干这种事情：
除了你，无人能使我称心，
哪怕维纳斯从天上下来。
你眼睛是如此优美可爱，
眨一眨就可以使我丧命，
再一眨又突然使我活命，
两下子能使我死去活来。
我即使活五十万个春秋，
除了你，我的亲爱的女友，
不会有别人做我的恋人：
我必须另外装一些血管，
你的爱把我的血管塞满，
再也容不下更多的爱情。

钱春绮　译

卡蒙斯

Luis de Camões

路易斯·德·卡蒙斯（1524/1525—1580），葡萄牙文艺复兴时期最杰出的诗人。他的诗作富于人文主义色彩，最著名的作品是史诗《路济塔尼亚人之歌》（《葡国魂》），以文学成就而被尊称为葡萄牙国父。

卡蒙斯的创作体裁比较丰富，曾写过牧歌、颂歌、挽歌等，并且特别擅长写十四行诗。早期作品中，诗人创作了大量的十四行诗，大部分以诗人不幸的爱情为题材，也有一部分作品抨击了王室。哀伤的格调和真挚的情感是他抒情诗歌的突出特点。

我的心灵和我的一切

我的心灵和我的一切
我都愿你拿去，
只求你给我留下一双眼睛，
让我能看到你。

在我的身上
没有不曾被你征服的东西。
你夺去了它的生命，
也就将它的死亡携走。

如果我还必须失掉什么，
但愿你将我带去，
只求你给我留下一双眼睛，
让我能看到你。

肖佳平　译

爱情是不见火焰的烈火

爱情是不见火焰的烈火，
爱情是不觉疼痛的创伤，
爱情是充满烦恼的喜悦，
爱情的痛苦，虽无疼痛却能使人昏厥。

爱情是除了爱别无所爱，
即使在人群中也感觉不到他人的存在。
爱情的欢乐没有止境，
只有在牺牲自我中才能获得。

为爱情就要甘心俯首听命，
爱情能使勇士俯身下拜，
爱情对负心者也以诚相待。

爱情既然是矛盾重重，
在人们的心中，
又怎能产生爱慕之情？

肖佳平　译

莎士比亚

William Shakespeare

威廉·莎士比亚（1564—1616），英国文艺复兴时期最伟大的戏剧家和诗人。他的十四行诗在英国和世界文学史上占有重要的地位，是文艺复兴时期在英国诗坛上开放的绚烂花朵之一，也是莎士比亚最重要的诗歌作品。在诗行中所渗透的人文主义思想是当时时代精神的反映。诗人在诗篇中宣称他的这些诗篇将如人类的后裔一样具有征服时间和战胜死亡的能力，这预言在今天已经实现。这些十四行诗的另一重要意义在于它们透露了莎士比亚少为人所知的个人历史的一部分，读者将从其中窥见这位伟大诗人的物质和精神生活的若干方面。

十四行诗（选三）

第三十三首

多少次我曾看见灿烂的朝阳
用他那至尊的眼媚悦着山顶，
金色的脸庞吻着青碧的草场，
把暗淡的溪水镀成一片黄金；
然后蓦地任那最卑贱的云彩
带着黑影驰过他神圣的霁颜，
把他从这凄凉的世界藏起来，
偷移向西方去掩埋他的污点；
同样，我的太阳曾在一个清朝
带着辉煌的光华临照我前额；
但是，唉！他只一刻是我的荣耀，
下界的乌云已把他和我遮隔。
我的爱却并不因此把他鄙贱，
天上的太阳有瑕疵，何况人间！

梁宗岱　译

第一二一首

宁可卑劣，也不愿负卑劣的虚名，
当我们的清白蒙上不白之冤，
当正当的娱乐被人妄加恶声，
不体察我们的感情，只凭偏见。
为什么别人虚伪淫猥的眼睛
有权赞扬或诋毁我活跃的血？
专侦伺我的弱点而比我坏的人
为什么把我认为善的恣意污蔑？
我就是我，他们对于我的诋毁
只能够宣扬他们自己的卑鄙：
我本方正，他们的视线自不轨；
这种坏心眼怎么配把我非议？
除非他们固执这糊涂的邪说：
恶是人性，统治着世间的是恶。

梁宗岱　译

第一一三首

自从离开你，眼睛便移居心里，
于是那双指挥我行动的眼睛，
既把职守分开，就成了半瞎子，
自以为还看见，其实已经失明；
因为它们所接触的任何形状，
花鸟或姿态，都不能再传给心，
自己也留不住把捉到的景象；
一切过眼的事物心儿都无份。
因为一见粗俗或幽雅的景色，
最畸形的怪物或绝艳的面孔，
山或海，日或夜，乌鸦或者白鸽，
眼睛立刻塑成你美妙的姿容。
心中满是你，什么再也装不下，
就这样我的真心教眼睛说假话。

梁宗岱　译

弥尔顿

Johm Milton

约翰·弥尔顿 (1608—1674)，英国文学史上仅次于莎士比亚的大诗人，出身于新教徒家庭，是剑桥与牛津两所大学的文学硕士，在英国诗人中称得上最博学而且古典文学修养最高。他以《圣经》故事为题材创作的《失乐园》与《复乐园》，为英国最伟大的信仰史诗；但一些人却更喜欢他的《力士参孙》，认为那是最有力的悲壮诗剧。

夏娃的爱情

跟你谈心，我把时光全忘了；
忘了季节，和季节的变化；
也想不起了；清晨的气息最甜——
多甜啊，一会儿，添上早起的鸟儿
第一声啭鸣；东方，太阳初升，
给美好的河山染一层金光，又染红了
露珠闪闪的花草、树木和果实，
那光景多可爱；柔柔的阵雨下过后，
肥沃的大地发出泥土香；多美啊——
那黄昏，温存，让人感恩，降临了。

于是黑夜静悄悄地来了，夜鸟来了，
一轮明月升起了，带着她的侍从——
一颗颗宝石似的星星；可是，不论那

清新的气息，一会儿又添上小鸟儿
第一阵啭鸣，还是朝阳初升，
照临美好的河山，照耀着花香，果实——
露珠闪闪，还是阵雨过后的泥土香，
那黄昏，温存，让人感恩；静悄悄的黑夜，
她的夜鸟；以及月光下的散步，
或是那闪烁的星光，如果没有了你，
不会是甜的、是美的。

方平 译

Jean-Jacques Rousseau

让·雅克·卢梭（1712—1778），法国18世纪启蒙思想家、哲学家、教育家、文学家，民主政论家和浪漫主义文学流派的开创者，启蒙运动代表人物之一。主要著作有《论人类不平等的起源和基础》《社会契约论》《爱弥儿》《忏悔录》《新爱洛伊丝》《植物学通信》等。

卢梭出身于瑞士日内瓦的贫苦家庭，当过学徒、仆役、私人秘书、乐谱抄写员。一生颠沛流离，备历艰辛。1749年曾以《科学与艺术的进步是否有助敦化风俗》一文闻名。1762年因发表《社会契约论》《爱弥儿》而遭法国当局追捕，避居瑞士、普鲁士、英国，1778年在巴黎逝世。

讽喻诗

这世界是喜剧一场，
每人的角色不一样。
那边台上是主教，征服者，部长，
他们穿着戏服全身闪光。
而我们卑贱的百姓，微不足道的群氓，
坐在最后几行，是大人物鄙弃的对象。
我们台下的是观众，
但是，我们花了钱来捧场。
要是闹剧演得不像样，
我们要喝倒彩震天响。

程依荣　译

Thomas Gray

托马斯·格雷（1716—1771），18 世纪英国的著名诗人，剑桥大学教授。他毕生从事教学和研究，写作和翻译，却从不轻易写诗，一共只写了十几首诗。他为人孤僻，不务声名，曾谢绝了“桂冠诗人”的称号。他的诗对当代及后世都有很大影响，且不限于英国。

一只心爱的猫在金鱼缸中淹死有感

那是在一个高大的瓷缸边上——
中国瓷器的色彩多么绚丽明亮，
上面绘有盛开的天蓝色的花朵——
赛莉玛趴在缸沿上深思默想；
她是一只最庄严最斯文的猫，
正盯着脚下的湖水不住地照。
轻摇的尾巴表露出她的喜悦：
她照见漂亮的圆脸，髭须如雪，
她的爪子像丝绒般柔滑，
她的皮毛像鱼壳般闪着光泽，
还有墨玉似的耳朵，碧玉似的眼睛；
她发出呜呜的叫声十分高兴。
她两眼盯着水面，只见水波中
游荡着一双天仙似的倩影，
那模样就像是一对水妖，

披着紫红色的鳞甲在水中翔泳：
那鳞色好比用海螺浸出的染料，
在浓艳的绛紫中有金光闪耀。
不幸的猫美人她越看越惊奇，
炽热的欲望在她心中升起，
她先探出胡须，又伸爪到水中，
拼命抓捞，却枉费心机。
哪个女人的心能鄙视黄金？
哪只猫的嘴巴能不馋鱼腥？
冒失的猫小姐啊！她两眼似火烧，
不住地探下身，不住地去抓捞，
她不知道脚下是一片深渊——
恶意的命运坐在一旁暗暗狞笑——
缸沿太滑，她的脚站立不稳，
她一失足一头栽进了水中。

她先后八次浮出激荡的水面，
挣扎呼叫向各位水神求援，
快来把她救出这危险——
但既不见海豚，仙女也没出现，
连狠心的汤姆和苏珊也毫无所闻，
心爱的猫啊临危时竟没一个友人！
你们，还未受骗上当的美人，
从此该知道一失足将成千古恨，
你们要大胆，但更须谨慎：
那使你们流盼的秀目和轻浮的心
感到诱惑的，并非都是可猎取的目标，
那熠熠生辉的并非都是金子在闪耀！

顾子欣 译

Johann Wolfgang von Goethe

约翰·沃尔夫冈·歌德（1749—1832），德国伟大诗人，德国古典文学的代表人物。不但在诗歌方面有《浮士德》那样的伟大作品，而且在文化的各个领域几乎都有突出的建树。虽然歌德在诗歌方面主要成就是诗剧《浮士德》，但有许多短诗也被作曲家谱成歌曲，一些叙事歌谣也流传很广。歌德曾是“狂飙运动”的代表人物，青年时期的许多诗歌具有强烈的叛逆精神。

野蔷薇

少年看到一朵蔷薇，
荒野的小蔷薇，
那样的娇嫩可爱而鲜艳，
急急忙忙走向前，
看得非常欢喜。
蔷薇，蔷薇，红蔷薇，
荒野的小蔷薇。

少年说："我要来采你，
荒野的小蔷薇！"
蔷薇说："我要刺你，
让你永不会忘记。
我不愿被你采折。"
蔷薇，蔷薇，红蔷薇，
荒野的小蔷薇。

野蛮少年去采她，
荒野的小蔷薇；
蔷薇自卫去刺他，
她徒然含悲忍泪，
还是遭到采折。
蔷薇，蔷薇，红蔷薇，
荒野的小蔷薇。

钱春绮　译

自然和艺术

自然和艺术，像是故意躲藏，
可是出乎意料，又遇在一起；
我觉得敌对业已消失，
二者好像同样吸引着我。

这只在于真诚的努力！
只要我们用有限的光阴
投身艺术而全意全心，
自然就活跃在我们心里。

一切的文艺也都是如此。
放荡不羁的人将不可能
把纯洁的崇高完成。

要创造伟大，必须精神凝聚。
在限制中才显示出能手，
只有规律能给我们自由。

冯至　译

年　岁

年岁是些最可爱的人，
它们送来昨天，送来今日，
我们年轻人正这样度过最可爱的生活无忧无虑。
可是年岁它们忽然改变，
再不像过去那样恰如人意。
不愿再赠给，不愿再出借，
它们拿走今天，拿走明日。

冯至　译

任凭你在千种形式里隐身

任凭你在千种形式里隐身，
可是，最亲爱的，我立即认识你；
任凭你蒙上魔术的纱巾，
最在眼前的，我立即认识你。

看扁柏最纯洁的青春的耸立，
最身材窈窕的，我立即认识你；
看河渠明澈波纹涟漪，
最妩媚的，我能够认识你。

若是喷泉高高地喷射四散，
最善于嬉戏的，我多么快乐认识你！
若是云彩的形体千变万幻，
最多种多样的，在那里我认识你。

看花纱蒙盖的草原地毯，
最星光灿烂的，我美好地认识你；
千条枝蔓的缠藤向周围伸展，
啊，拥抱一切的，这里我认识你。

若是在山上晨曦明耀，
愉悦一切的，我立即欢迎你；
于是晴朗的天空把大地笼罩，
最开阔心胸的，我就呼吸你。

我外在和内在的感性所认识的，
你感化的一切，我认识都由于你；
若是我呼唤真主的一百个圣名，
每个圣名都响应一个名称为了你。

冯至　译

William Blake

威廉·布莱克（1757—1827），英国文学史上最重要的伟大诗人之一、版画家，主要诗作有诗集《纯真之歌》《经验之歌》等。早期作品简洁明快，中后期作品趋向玄妙深沉，充满神秘色彩。他一生中与妻子相依为命，以绘画和雕版的劳酬过着简单平静的创作生活。后来诗人叶芝等人重编并陆续发表了他的诗集、书信和笔记，他的神启式伟大画作也逐渐被世人所认知，由此诗人与画家布莱克在艺术界的崇高地位确立无疑。

老　虎

猛虎，猛虎，火焰似的烧红
在深夜的莽丛，
何等神明的巨眼或是手，
能擘画你的骇人的雄厚？
在何等遥远的海底还是天顶？

烧着你眼火的纯晶？
跨什么翅膀他胆敢飞腾？
凭什么手敢擒住那威棱？
是何等肩腕，是何等神通，
能雕镂你的藏府的系统？
等到你的心开始了活跳，
何等震惊的手，何等震惊的脚？
椎的是什么锤？使的是什么练？

在什么洪炉里熬炼你的脑液？
什么砧座？什么骇异的拿把
胆敢它的凶恶的惊怕擒抓？
当群星放射它们的金芒，
满天上泛滥着它们的泪光，
见到他的工程，他露不露笑容？
造你的不就是那造小羊的神工？
猛虎，猛虎，火焰似的烧红
在深夜的莽丛，
何等神明的巨眼或是手
胆敢擘画你的惊人的雄厚？

徐志摩　译

爱的秘密

永远不要诉说你的爱情，
爱情永远是无法诉说的，
因为它像一阵柔和的风，
安静的，又是无形的。

我要诉说，我要诉说，
我要向她诉说我的全部爱情，
我颤抖着，不知担心还是发冷，
啊！她果真离去。

在她离开我不一会儿，
一个旅行者从她身边走过，
默默地和不露声色地，
微微叹息着将她收留。

佚名 译

Robert Burns

罗伯特·彭斯（1759—1796），苏格兰诗人，农民出身，在田间劳动了大半生，一生经济困难，37岁即于贫病交加中死去。1786年出版《诗集》，后又长期从事苏格兰民间歌谣的搜集、整理工作，大量将近失传的民歌靠他的努力得以保存。他本人的诗更是开文学史上的新页，最出色的是根据民歌调子写的抒情诗，其中有大量的爱情诗，但也有讽刺教会和宣扬法国大革命的民主思想的作品。

我的心在高原上

我的心儿在高原，我的心儿不在这儿，
我的心儿在高原，追逐着鹿儿。
追逐着野鹿，跟踪着獐儿，
我的心儿在高原，不管我上哪儿。
别了啊高原，别了啊北国，
英雄的家乡，可敬的故国；
不管我上哪儿飘荡，我上哪儿遨游，
我永远爱着高原的山丘。
别了啊，高耸的积雪的山岳，
别了啊，山下的溪壑和翠谷，
别了啊，森林和枝丫纵横的树林，
别了啊，急川和洪流的轰鸣。
我的心儿在高原，我的心儿不在这儿，
我的心儿在高原，追逐着鹿儿。
追逐着野鹿，跟踪着獐儿，
我的心儿在高原，不管我上哪儿。

袁可嘉　译

一朵红红的玫瑰

我爱人像一朵红红的玫瑰，
在六月里开得新鲜；
我爱人像一首美妙的乐曲，
奏出了动人的和弦。

我的好姑娘，你多么美丽，
我是这样深深爱你，
我要永远爱你，亲爱的，
直到大海枯干见底。

直到大海枯干，亲爱的，
直到太阳熔掉岩石，
我要永远爱你，亲爱的，
只要生命之流不止。

再见了，我唯一的爱人！
我们只是暂时别离，
我一定要回来的，我的爱人，
哪怕相隔迢迢万里。

飞白　译

小林一茶

Kobayashi Issa

小林一茶（1763—1827），日本江户时期著名俳句诗人，本名弥太郎，生于信浓国水内郡柏原村（今长野县上水内郡信浓町柏原）的一个农民家庭。15岁即开始学习俳谐。由于他动荡不安的经历，一茶的俳句有着自己鲜明的风格。有人评论他说："自嘲自笑，不是乐天，不是厌世，逸气超然。"

俳句（节选）

三

故乡啊，触着碰着都是荆棘的花。

五

春风啊，虽然草长得深，还是故乡啊！

十二

秋风啊，撕剩的红花，拿来作供。

二十三

不要打啊，苍蝇搓他的手，搓他的脚呢！

二十四

跳蚤们，可不觉得夜长吗？岑寂吗？

三十一

要转侧了啊，你回避吧，蚱蜢！

三十二

蜗牛——破坏了墙壁，给他游嬉。

三十三

云散了，光滑滑的月夜啊！

三十四

剖苇啊，天空角落的筑波山！

三十六

黄昏的樱花，今天也已经变作往昔了。

三十七

这样地活着，也是不可思议啊！花的阴里。

四十一

深川啊，经过了霜似的看门的人！

周作人　译

荷尔德林

Johann Christian Friedrich Hölderlin

弗里德里希·荷尔德林（1770—1843），德国著名诗人，古典浪漫派诗歌先驱，1788年进入图宾根大学神学院，他阅读柏拉图、索福克勒斯、莎士比亚等人的作品，研究卢梭、斯宾诺莎、莱布尼茨、康德等人的哲学思想，与谢林、黑格尔结为朋友，最喜爱的作家是卢梭。

1789年的法国大革命激发了他和同学们的热情，曾组织诗社，写诗歌颂人权。当过家庭教师，爱上了雇主的妻子。1798年后，因情场失意，身心交瘁，处于精神分裂状态，1802年徒步回到故乡。1804年在霍姆堡当图书管理员。1807年起精神完全错乱，生活不能自理。诗人在生前以及19世纪未被重视，死后几乎被遗忘了近100年，到20世纪初被重新发现，其作品的价值才重新被认识。

在柔媚的深蓝中

在柔媚的湛蓝中，
教堂钟楼盛开金属尖顶。
燕语低回，蔚蓝萦怀。
旭日冉冉升起，尽染金属尖顶，
风中，风向标在高处瑟瑟作响。
谁在钟底缘阶而下，
谁就拥有宁静的一生，因为
一旦外表被极度隔绝，
适应性便在人之中彰显。
钟声中的窗，恰如向着美的门。
同样，因为门依然遵循着自然，
便具有林中秀木的相似性。
纯真毕竟也是美。
严肃的心灵生自逝去之物的内部。
影像如此单纯、神圣，以至于
我们事实上时常畏惧于将之描绘。

上苍，始终至善至美，

拥有富足、德行与愉悦。

人或可仿效。

当生命充满艰辛，人

或许会仰天倾诉：我就欲如此这般？

诚然。只要良善纯真尚与心灵同在，

人就会不再尤怨地用神性度测自身。

神莫测而不可知？神如苍天彰明较著？

我宁愿相信后者。神本人的尺规。

劬劳功烈，然而诗意地，

人栖居在大地上。

我是否可以这般斗胆放言，

那满缀星辰的夜影，

要比称为神明影像的人

更为明澈洁纯？

大地之上可有尺规？

绝无！同样

造物主的世界不曾阻挡雷霆的步伐。

花是美的，因为花在阳光下绽放。

我们的双眼总会在生命中发现，

更美的事物仍要以花为名。

哦，我对此颇为明了！

莫非神矢志于身心喋血，

而不再完整存在？

灵魂，我相信，必当葆有纯真，

否则，就会抵达权力之巅，在鹰翼之上，膺受

赞美的歌咏与众鸟的和鸣。

这就是本性，这就是外表。

哦，美丽的溪流，波光粼粼，你在波光中清澈流淌，

宛若穿过银河的神的目光。

我如此熟谙你，

泪水夺眶而出。我看见，在我的外表
一个勃然的生命在我四周遍开万物，因为
我不曾不恰当地将之与墓地上的孤鸟相提并论。
只缘我有一颗跳动的心，
微笑依然是我在忧伤着世人。
我是否能成为一颗彗星？
我相信。因为彗星拥有鸟的迅疾轻捷；盛开在烈火中，
宛若向着纯洁的赤子。
伟大岂是人之本性所敢僭妄。
德行之喜悦理应得到嘉许，
得到花园里飘荡在三圆柱间严肃神灵的
嘉许。窈窕淑女必当头饰
爱神木之花，因为她的本性与情感
酷似爱神。而爱神木仅仅
生长在希腊的大地。

当一个人向镜中凝望，
在镜中看见自己如同被临摹的影像；
影像酷似真人。
人的影像生有双目，
明月秉有辉光。
而俄狄浦斯王拥有一目或已逾分。
他的人之苦难，无法描绘，无以言表，
无可置辩。
一旦戏剧表现这样一个人物，苦难油然而生。
当此刻我怀念着你，苦难于我意味着什么？
当溪流将我裹挟至亚细亚般
绵延的某处尽头。
无疑，俄狄浦斯饱受着这苦难。
无疑事实如此。
是否赫拉克勒斯也曾苦难？
毫无疑问。这对相交莫逆的朋友

不也承受着他们的苦难?
赫拉克勒斯同诸神干戈相向，就是苦难。
分享这些被生命嫉妒的不朽，
也是一种苦难。
而当一个人被太阳斑所覆盖，被些许斑点
彻底覆盖，更是一种苦难！这是艳阳的作为：
太阳裁处着万物。
太阳以光芒的魅力玫瑰一般
引领着少年人的道路。
俄狄浦斯承受的苦难，
看上去恰如
一个穷人悲叹
丢失了什么。
哦，拉伊俄斯之子，希腊大地上穷困的异乡人！
生即是死，死亦是一种生。

Dasha 译

William Wordsworth

威廉·华兹华斯（1770—1850）。18世纪90年代初英国诗坛上出现了“湖畔派”诗人，他们曾在英国西北部山地的湖畔聚居，其诗作又多描写湖区，因而得此称号。华兹华斯是这一诗派最主要的代表。华兹华斯1843年被授为桂冠诗人称号。在艺术技巧上，他独辟蹊径，摒弃18世纪诗歌的因袭滥调，采用民间生动朴素的口语来写诗，清新可诵，天然成趣，对英诗产生了深远的影响。他的诗句“朴素生活，高尚思考（Plain living and high thinking）”被作为牛津大学基布尔学院的格言。

西敏寺桥上

人间没有比这更美好的景象，
它是那样庄严，又那样辉煌，
谁能经过它身边而无动于衷？
这城市此刻披着美丽的晨光，
像穿着睡衣；袒露而又安详，
那船舶、楼阁、剧院、教堂，
栉次伸向田野，又伸入高空，
一切在明朗的空中熠熠闪光。

璀璨的朝阳从未这样美丽地
照耀过大地上的峡谷和山冈。
我从未看到或感到这般沉静，
河水正在欢快地自由地流淌。
亲爱的主啊！万屋似在安睡，
那伟大的心灵也停止了跳荡。

顾子欣　译

刈麦女

你看！那高原上年轻的姑娘，
独自一人正在田野上。
她一边收割一边在唱歌；
你停下吧，或悄悄他往！
她独自在那里又割又捆，
她唱的音调好不凄凉；
你听！你听她的歌声，
在深邃的峡谷久久回荡。

在荒凉的阿拉伯沙漠里，
疲惫的旅人憩息在绿荫旁，
夜莺在这时嘀呖婉转，
也不如这歌声暖人心房；
在最遥远的赫伯利群岛，
杜鹃声声唤醒了春光，

啼破了海上辽阔的沉寂，
也不如这歌声动人心肠。

谁能告诉我她在唱些什么？
也许她在为过去哀伤，
唱的是邈远的不幸的往事，
和那很久以前的战场？
也许她唱的是普通的曲子，
当今的生活习以为常？
她唱生活中的忧伤和痛苦，
从前发生过，今后也这样？

不论姑娘在唱些什么吧，
歌声好像永无尽头一样；
我见她举着镰刀弯下腰去；

我见她边干活儿边歌唱。
我凝神屏息地听着，听着，
直到我登上高高的山冈，
那乐声虽早已在耳边消失，
却仍长久地留在我的心上。

顾子欣　译

咏水仙

我好似一朵孤独的流云，
高高地飘游在山谷之上，
突然我看到一大片鲜花，
是金色的水仙遍地开放。
它们开在湖畔，开在树下，
它们随风嬉舞，随风飘荡。

它们密集如银河的星星，
像群星在闪烁一片晶莹；
它们沿着海湾向前伸展，
通往远方仿佛无穷无尽；
一眼看去就有千朵万朵，
万花摇首舞得多么高兴。

粼粼湖波也在近旁欢跳，
却不如这水仙舞得轻俏；

诗人遇见这快乐的旅伴，
又怎能不感到欢欣雀跃；
我久久凝视——却未能领悟
这景象所带给我的精神至宝。

后来多少次我郁郁独卧，
感到百无聊赖心灵空漠；
这景象便在脑海中闪现，
多少次安慰过我的寂寞；
我的心又随水仙跳起舞来，
我的心又重新充满了欢乐。

顾子欣　译

Robert Southey

罗伯特·骚塞（1774—1843），英国桂冠诗人，湖畔派诗人之一，19 世纪英国浪漫主义文学的代表。湖畔诗人远离城市隐居湖区，都喜欢歌颂大自然，描写宗法制农村生活。骚塞曾一度激进，后反对法国革命，1813 年被国王封为桂冠诗人。

学　人

和故人相处的岁月已经消逝；
我还看到在我周际，
偶然的目光所触之处
那些往日的伟大心灵啊：
他们是我始终不渝的伴侣，
我和他们终日絮语。

我和他们在幸福中领受欣喜，
也在苦难中寻求开释；
而今每当我懂得和感到
我负欠了他们多少情谊，
我的双颊便常常染湿
被那由衷感激的泪滴。

我的思绪啊和故人在一起；和他们
一起生活在漫长的往昔的日子，
爱他们的美德，责他们的过失，
分担他们的希望与忧虑，
怀着谦卑的心从他们的教训中
把真谛和探求寻觅。

我的希望尽与故人在一起；不久
我的位置也将和他们一起，
我还将和他们继续旅行
通向一切未来的遭遇；
在这儿也留下一个姓名，我相信
它不会寂灭于尘世。

邹荻帆　邹海伦　译

拜 伦

George Gordon Byron

乔治·戈登·拜伦（1788—1824），19世纪英国伟大的浪漫主义诗人。他天生跛一足，对此敏感。哈罗公学毕业后。进入剑桥大学学习文学及历史。1809年作为世袭贵族进入贵族院，发言都鲜明表明其自由主义的进步立场。

深受启蒙思想影响的拜伦曾亲身参加意大利烧炭党人的革命活动，参加希腊人民反抗土耳其奴役的武装斗争，最后以身殉职。拜伦诗的最早中译者苏曼殊说："善哉拜伦！以诗人去国之忧，寄之吟咏，谋人家国，功成不居，虽与日月争光可也。"

我见过你哭

我见过你哭——炯炯的蓝眼
滴出晶莹的泪珠，
在我想象里幻成紫罗兰。
我见过你哭
滴着澄洁的露水。
我见过你笑——湛蓝的宝石
光泽也黯然收敛，
怎能匹敌你嫣然的瞥视
那灵活闪动的光焰。

有如夕阳给远近的云层
染就了绮丽的霞彩，
冉冉而来的夜色也不能
把霞光逐出天外，

你那微笑让抑郁的心灵
分享它纯真的欢乐，
这阳光留下了一道光明
在心灵上空闪射。

杨德豫　译

我们将不再携手漫游

不，我们将不再携手漫游
从黄昏直到夜阑人静，
尽管爱情依旧涨满心头，
而月色也依旧那么明净。

因为利刃会把剑鞘磨破，
灵魂也会把胸膛磨损，
心房需要喘息一刻，
爱情也需要休息的时辰。

尽管良宵专为爱情而设，
而白昼又来得太早太快，
但我们将不再依依不舍
在明媚的月色里徘徊……

飞白　译

拉马丁

Alphonse de Lamartine

阿尔封斯·德·拉马丁（1790—1869），法国诗人，浪漫主义文学的前驱和巨擘，出身贵族家庭。他酷爱大自然，崇拜上帝。失恋的痛苦使他写出了最优美的诗篇，1820年发表的《沉思集》使他一举成名，成为法国19世纪第一位浪漫派抒情诗人。他讴歌爱情、大自然和上帝。在他笔下，爱情是无限的永恒的，充满真诚和神圣。

致书页中一朵枯萎的花

我想起了，那是在海滨，
那里，南方的天空把我吸引，
它没有风暴也没有乌云，
我在树荫下
呼吸着暖风的香馨。

大海无边无际，
直到地平线一片碧蓝；
柑橘树，这喜庆之树，
不时地在我头上撒落它的花瓣；
草地上升腾起清香阵阵。

你生长在一根圆柱旁边，
那寺庙因年久而坍塌；
你给圆柱做花冠，

用你那摇曳的花朵，
还将它那单调的柱身打扮。

装点废墟的花，
没人看上一眼表示赞叹，
我摘下你那白色的花朵
举到我的胸前，
为闻闻你的芳香。

今天，碧空、庙宇、海滩，
都已逝去不再复返；
你的芳馨也已经消失，
而我在翻动书页时，发现了，
一个美好日子的遗痕。

思宁　译

John Keats

约翰·济慈（1795—1821），英国浪漫主义诗人中最有才华者之一，同拜伦、雪莱并称于世。向往古希腊文化，追求永恒的美的世界。“美即是真，真即是美”，这就是诗人的信条。他的诗篇被认为完美体现了西方浪漫主义诗歌特色。他的诗对后世影响很大，维多利亚时代诗人丁尼生、白朗宁，后来的唯美派诗人如王尔德以及20世纪的“意象派”诗人都受其影响。济慈死于肺结核病，终年26岁。

灿烂的星

灿烂的星啊，但愿我能如你坚定——
但并非孤独地在夜空闪烁高悬，
睁着一双永不合拢的眼睛，
犹如苦修的隐士彻夜无眠，
凝视海水冲洗尘世的崖岸，
好似牧师行施净体的沐浴，
或正俯瞰下界的荒原与群山
被遮盖在轻轻飘落的雪罩里——
并非这样——却永远坚定如故，
枕卧在我美丽的爱人的酥胸，
永远能感到它的轻轻的起伏，
永远清醒，在甜蜜的不安中，
永远、永远听着她轻柔的呼吸，
永远这样生活——或昏厥而死去。

顾子欣　译

每当我害怕

每当我害怕，生命也许等不及
我的笔搜集完我蓬勃的思潮，
等不及高高一堆书，在文字里，
像丰富的谷仓，把熟谷子收好；
每当我在繁星的夜幕上看见
传奇故事的巨大的云雾征象，
而且想，我或许活不到那一天，
以偶然的神笔描出它的幻象；
每当我感觉，呵，瞬息的美人！
我也许永远都不会再看到你，
不会再陶醉于无忧的爱情
和它的魅力！——于是，在这广大的
世界的岸沿，我独自站定、沉思，
直到爱情、声名，都没入虚无里。

佚名　译

雪莱

Percy Bysshe Shelley

珀西·比希·雪莱（1792—1822），英国浪漫主义诗人。生于贵族家庭，早年深受卢梭、潘恩和葛德文等人的革命思想影响。在牛津大学就学时，因印发《无神论的必然性》一文被开除。不久赴爱尔兰参加民族独立运动，后来住在意大利，一直到乘舟海行，在风暴中遇难。

他的优美的抒情诗，特别是爱情诗，显示了不羁的想象、瑰丽的色彩和动人的音韵，而且往往将爱情同高远的理想结合，使他成为英国文学史上最有才华的抒情诗人之一。恩格斯称他是“天才预言家”。他的墓志铭引自莎士比亚《暴风雨》：他并没有消失，不过感受了一次海水的变幻，成了富丽珍奇的瑰宝。

往　昔

你可会忘记那快乐的时刻，
被我们在爱之亭榭下埋没？
对着那冰冷的尸体，我们铺了
不是青苔，而是叶子和鲜花。
呵，鲜花是失去的快乐，
叶子是希望，还依然留贮。

你可忘了那逝去的？它可有
一些幽灵，会出来替它复仇！
它有记忆，会把心变为坟墓，
还有悔恨，溜进精神的浓雾
会对你阴沉地低声说：
快乐一旦消失，就是痛苦。

1818 年

穆旦　译

爱的哲学

出山的泉水与江河汇流，
江河又与海洋相通，
天空里风与风互相渗透，
融洽于甜蜜的深情。
万物遵循同一神圣法则，
在同一精神中会合；
世上一切都无独而有偶，
为什么你与我却否？

看高高的山峰亲吻蓝空，
浪和浪也相抱相拥，
姐妹花朵绝不会被宽容，
如果轻视她的弟兄；
灿烂的阳光抚抱着大地，
明丽月华亲吻海波，
那甜蜜的作为有何价值，
如果你，不亲吻我？

1819 年

江枫　译

Heinrich Heine

海因里希·海涅（1797—1856），德国抒情诗人和散文家，被称为“德国古典文学的最后一位代表”。他是犹太商人的儿子，曾做过学徒，经过商，后进入大学学习，并成为法学博士，曾直接受业于著名哲学家黑格尔，并受法国革命民主思想影响很深。1843 年海涅与马克思结识后，作品更多了批判现实主义。海涅的诗歌具有强烈的政治色彩，艺术上接近民歌体。

星星们动也不动

星星们动也不动，
高高地悬在天空，
千万年彼此相望，
怀着爱情的苦痛。

它们说着一种语言，
这样丰富，这样美丽；
却没有一个语言学家
能明白这种言语。

但是我学会了它，
我永久不会遗忘；
而我使用的语法
是我爱人的面庞。

冯至　译

每逢我在清晨

每逢我在清晨
从你的房前走过，
我看见你在窗内，
亲爱的，我就快乐。

你探索着凝视着我，
用你深褐的眼睛：
“你这他乡多病的人，
你是谁？你有什么病？”

“我是一个德国诗人，
在德国的境内闻名：
说出那些最好的名姓，
也就说出我的姓名。

我跟一些人一样，
在德国感到同样的病苦：
说出那些最坏的苦痛，
也就说出我的痛苦。”

冯至　译

等着吧

因为我的闪电是这样出色，
你们就以为，我不能雷鸣！
你们搞错了，因为我同样
有一种打雷的本领。

一旦那正当的日子来到，
这本领就恐怖地得到证明；
你们将要听到我的声音，
是长空霹雳，风雨雷霆。

暴风雨将要在那一天
甚至把一些槲树吹倒，
一些教堂的高塔要倒塌，
一些宫殿也将要动摇！

1844年

冯至 译

颂 歌

我是剑，我是火焰。
黑暗里我照耀着你们，
战斗开始时，
我奋勇当先
走在队伍的最前列。

我周围倒着
我的战友的尸体，
可是我们得到了胜利。
我们得到了胜利，
可是周围倒着
我的战友的尸体。
在欢呼胜利的凯歌里
响着追悼会严肃的歌声。

但我们没有时间欢乐，
也没有时间哀悼。
喇叭重新吹起，
又开始新的战斗。

我是剑，我是火焰。

1830 年

冯至　译

普希金

Alexander Sergeyevich Pushkin

亚历山大·谢尔盖耶维奇·普希金（1799—1837），俄国伟大的诗人，出身贵族，酷爱民主和自由，痛恶沙皇的统治，反对农奴制度。他的许多朋友是贵族革命的“十二月党”人，本人也被沙皇放逐过，并因不容于世俗，死于决斗。

普希金自幼喜爱文学，从童年时即开始创作，一生创作了大量的短诗和长诗，以及长篇诗体小说《欧根·奥涅金》，广为传诵。他继承了俄罗斯古典诗歌的传统，受欧洲拜伦等诗人影响颇深，并从民间文学中吸取营养。

普希金不但在诗歌领域享有崇高的荣誉，而且在小说、戏剧、散文等方面都有划时代的成就。他的文学事业，奠定了俄罗斯近代文学的基础。

给克恩[1]

我记得那美妙的瞬间：
你出现在我的眼前，
如同纯真之美的化身，
如同昙花的梦幻。

我为绝望的悲痛所折磨，
我因纷乱的忙碌而不安，
一个温柔的声音响彻耳旁，
妩媚的形影在我梦中盘旋。

岁月流逝。一阵阵迷离的冲动
像风暴把往日的幻想吹散，
我忘却了你那温柔的声音，
也忘却了你天仙般的容颜。

在荒凉的乡间，在囚禁的黑暗中，

---

① 安·彼·克恩（1800—1879），普·亚·奥西波娃的侄女。1819 年在彼得堡舞会上普希金第一次与她相会。1825 年克恩去三山村姑母奥西波娃家消夏，三山村与米哈伊洛夫斯克毗邻，两人第二次相会，来往时间较长。克恩离开时，普希金将这首诗作为告别的礼物赠给她。

我的时光在静静地延伸，
没有崇敬的神明，没有泪水，
没有生命，没有爱情，没有灵感。

我的心重又觉醒：
你又出现在我的眼前，
如同纯美的化身，
如同昙花的梦幻。

心在狂喜中跳动，
一切又为它重燃：
有崇敬的神明，有生命，
有泪水，有爱情，也有灵感。

1825 年

高莽　译

“啊，不，生活没有使我厌倦……”

啊，不，生活没有使我厌倦，
我想生活，我爱人生，
我虽然失去了韶华岁月，
我的心并没有变硬变冷。
我还保持着感受喜悦的兴趣——
为了满足我好奇的本能，
为了对万物……的钟情，
为了制造幻想中的美梦。

高莽　译

暴风雨

你可见过岩石上的姑娘，
身穿白衣，脚踏海浪，
当大海在茫茫烟雾中汹涌，
和它的海岸戏耍不停，
当闪电用红色的光柱
把姑娘的身影一次次照亮，
当海风狂吹、在浪尖上飞舞，
把她那轻盈的衣裳卷扬？
风雨蒙蒙的大海无限壮丽，
不见蓝天的苍穹布满电光；
但请相信我：比海浪、比苍穹、比暴风雨
更壮丽的是站在岩石上的姑娘。

1825 年

高莽　译

我曾经爱过你

我曾经爱过你：爱情，也许
在我的心灵里还没有完全消亡，
但愿它不会再打扰你，
我也不想再使你难过悲伤。
我曾经默默无语、毫无指望地爱过你，
我既忍受着羞怯，又忍受着嫉妒的折磨，
我曾经那样真诚、那样温柔地爱过你，
愿上帝保佑你找到另一人，
如我这般爱你。

1829 年

戈宝权　译

雨果

Victor Hugo

维克多·雨果（1802—1885），法国著名诗人，小说家、戏剧家、文艺理论家、政论家和社会活动家。他的文学著作几乎反映了法国一个世纪的历史。

雨果是资产阶级的人道主义者、和平主义者。他强烈反对拿破仑三世复辟，因之流亡国外19年，一直坚持到拿破仑三世失败才回到祖国。在普法战争中，他把自己刚出版的诗集《惩罚集》的全部版税捐献出来，作为保卫祖国购置武器之用，当时以文艺家捐献的资金购置的两门大炮，分别被命名为“惩罚”和“维克多·雨果”。巴黎公社失败后，公社社员被反动势力迫害，雨果也挺身而出，站在公社社员一边。雨果逝世，举国致哀，他的葬礼成为巴黎一次声势浩大的游行。

六月之夜

当夏日的白昼退尽，繁花似锦的平原
向四面八方飘洒着令人陶醉的香气；
耳边响起渐近渐远的喧声，闭上双眼，
依稀入睡，进入透明见底的梦境里。

繁星越发皎洁，一派娇美的夜色，
幽幽苍穹披上了朦朦胧胧的色彩；
柔和苍白的曙光期待着登台的时刻，
仿佛整夜都在遥远的天际里徘徊。

1837 年

白英瑞　译

当水手，一面计算

当水手，一面计算，一面踌躇
向星斗寻求航行的方向；
当牧童，眼睛里充满幻想，
在树林里眺望星辰和归路；
当天文学家，披着星月的清光，
从几万里以外测量一个星球；
我却向这辽阔的太空寻找别的物件。
但这是多幽暗的沉渊啊，这块蓝宝石的天！
人们终究无法在夜里，
辨认滑过碧空而去的颤巍巍的天使的蓝色衣衫。

1847 年

闻家驷　译

当一切入睡

当一切入睡，我常兴奋地独醒，
仰望繁星密布熠熠燃烧的穹顶，
我静坐着倾听夜声的和谐；
时辰的鼓翼没打断我的凝思，
我激动地注视这永恒的节日——
光辉灿烂的天空把夜赠给世界。

我总相信，在沉睡的世界中，
只有我的心为这千万颗太阳激动，
命运注定，只有我能对它们理解；
我，这个空幻、幽暗、无言的影像，
在夜之盛典中充当神秘之王，
天空专为我一人而张灯结彩！

1856 年

飞白　译

丘特切夫

Fedor Ivanovich Tyutcher

费多尔·伊凡诺维奇·丘特切夫（1803—1873），俄国19世纪杰出诗人，被涅克拉索夫誉为“第一流的诗歌天才”。1819年进莫斯科大学语文系。1821年毕业后到彼得堡，在外交部任职。1822年起先后在俄国驻慕尼黑、都灵等地外交机关任职22年。

在德国时曾与哲学家弗里德里希·谢林和诗人海因里希·海涅相识。他一生写了400首富有哲理意味的抒情诗，屠格涅夫形容说：“要想充分评价丘特切夫，读者必须自己有比较精微的理解能力。紫罗兰的香味不能达到二十步以外，必须走近去领略它的芬芳。”

沉　默

沉默吧，隐匿你的感情，
让你的梦想深深地藏躲！
就让它们在心灵深处
冉冉升起，又徐徐降落，
默默无言如夜空的星座。
观赏它们吧，爱抚，而沉默。

思绪如何对另一颗心说？
你的心事岂能使别人懂得？
思想一经说出就是谎，
谁理解你生命的真谛是什么？
搅翻了泉水，清泉会变浊——
自个儿喝吧，痛饮，而沉默。

只要你会在自己之中生活，
有一个大千世界在你心窝，
魔力的神秘境界充满其中，
别让外界的喧嚣把它震破，
别让白昼的光芒把它淹没——
倾听它的歌吧，静听，而沉默。

飞白　译

Ralph Waldo Emerson

拉尔夫·沃尔多·爱默生（1803—1882），生于波士顿。美国思想家、文学家、诗人。爱默生是确立美国文化精神的代表人物。美国前总统林肯称他为“美国的孔子”“美国文明之父”。14 岁时，入读哈佛大学并且被任命为新生代表。爱默生经常和他的朋友梭罗、霍桑等人举行小型聚会，探讨神学、哲学和社会学问题。这种聚会当时被称为“超验主义俱乐部”，爱默生也自然而然地成为超验主义的领袖。他于 1836 年出版处女作《论自然》，在文学上的贡献主要在散文和诗歌方面。

日　子

光阴老人的女儿，伪善的时日，
喑哑无语如同赤足的托钵僧，
她们单行排列，无始也无终，
手托皇冠和一根根权杖，
按各人的心愿向大家分赠礼品，
面包，王国和包罗星辰的天空。
在枝丫缠绕的花园里，我见此壮观，
忘掉了早晨的愿望，匆匆忙忙地
采了些香草和苹果，时日便已转过身，
静默地离去。在她黑色的发带下
我看出她的轻藐，为时已晚。

1851 年

汪剑钊　译

Elizabeth Barrett Browning

伊丽莎白·芭蕾特·勃朗宁（1806—1861），英国19世纪著名女诗人。她本是一个下肢瘫痪的病人，生命只剩下一串没有欢乐的日子，青春在生与死的边界上黯然消逝。当诗人勃朗宁闯进她的生命中来时，只见她可怜瘦小的病模样，蜷伏在她的沙发上，贵客来都不能欠身让座。可是疾病和愁苦并没叫勃朗宁望而却步。他深深地爱着她的诗歌，也始终如一地爱着她本人。在他的热情鼓舞下，她对于人生逐渐有了信心，产生了希望，她的健康同时在飞快地进步着。她不再拒绝情人的求婚，终于敢拿爱情来报答爱情了。她获得了新生，于是写下《抒情十四行诗集》，倾吐自己内心深处的痛苦、挣扎、感激和爱情；44首组诗，构成一个整体，记录了一段不平凡的爱情。这部诗集是英国文学史上的珍品，深为读者喜爱。其作品对艾米丽·狄金森、艾伦·坡等人都有影响。

请你再说一遍吧

请你再说一遍吧，说了还要说，
就说你爱我。哪怕你的话一再重复，
如同布谷鸟之歌。不断唱着“布谷”。
要知道：如果没有布谷鸟之歌，
就不会有完整的春天，身披绿袍，
降临平原和山坡、树林和幽谷。
爱人啊，我在黑暗之中听出
一个忧虑的心声；由于不安的折磨，
我喊道：“再说一遍：你爱我！”谁会嫌
星星太多，哪怕颗颗都在天上运行？
谁嫌花太多，哪怕朵朵都为春天加冕？
说你爱我，你爱我，你爱我，把银钟
敲个不停！——亲爱的，只是别忘这一点：
也要用沉默来爱我，用你的心灵。

飞白　译

可是爱只要是爱

可是爱只要是爱，就是真正的美，
就有接受的价值。火都是光明的，
不管烧的是神殿或柴枝；杉木与蒺藜
点燃的火焰会发出同等的光辉。
爱就是火；只要我关键时刻敞开心扉，
说出一声“我爱你！”这时，在你眼里
我立即容光焕发，增添了美丽，
并感到我脸上放出崭新的光辉，
向你射去。只要是爱，就没有下等，
没有微贱，当最微贱的生灵在爱，
上帝必接受他们的爱而以爱回应。
我的感情透过我的容貌焕发出来，
透过我的陋质而闪耀，从而证明
爱的伟大创造为自然的手笔增添光彩。

飞白　译

朗费罗

Henry Wadsworth Longfellow

亨利·沃兹沃斯·朗费罗（1807—1882），美国民主主义诗人。13岁开始发表诗作，著作甚丰，一生中写了大量诗歌以及许多戏剧、小说、散文。他在英格兰的声誉与丁尼生并驾齐驱。人们将他的半身像安放在威斯敏斯特教堂的“诗人角”，是美国作家中第一个获此殊荣的人。

箭与歌

我向空中射出一支箭，
不知它落到哪里；
它飞得好快啊，
眼睛跟不上它的踪迹。
我向空中吐出一支歌，
不知它落到何方；
谁有这样尖、这样强的眼力
能追上歌声的飞翔？
很久很久以后，在橡树上
我找到那支箭，还不曾折断；
还有那支歌，也被我找到，
从头到尾藏在朋友的心间。

杨德豫　译

丁尼生

Alfred Lord Tennyson

阿尔弗雷德·丁尼生（1809—1892），维多利亚时代即19世纪后70年英国诗坛的主要代表，他接替了华兹华斯的桂冠，任“桂冠诗人”达40余年之久。

丁尼生生于乡村牧师家庭，家境贫困。1828年进入剑桥大学，其间他的诗歌《廷巴克图》赢得了校长金牌。他继承了浪漫派诗歌富于想象力和抒情性的传统，而又发展了自己的艺术特色：他的诗反映了对宗教信仰的怀疑、困惑和痛苦的思索，表现了对宁静的向往；同时他的诗又极富音乐性，如迷人的和声，因此丁尼生获得了“音乐感最敏锐的诗人”的美称。

橡　树

年轻人和老人，
你们的一生
要如那棵橡树：
春天，它金灿灿——
一树活的黄金；

繁荣的夏季
来了又复去；
秋天换装时，
染一身肃穆——
重新换上金衣。

满树的叶子
终于落尽了，
看，它昂然屹立，
只剩树干树枝——
赤裸裸的力。

飞白　译

越过海滩

太阳沉没，晚星闪烁，
一个清晰的呼声在召唤我！
愿海滩不要哀泣呜咽，
当我出海的时刻。

浑然流动的海水似已睡去，
潮太满了，反而无声无息，
从无边的海洋里汲取的，
如今又复归去。

暮色茫茫，晚钟轻轻，
接着是黑暗降临！
但愿不要有诀别的悲痛，
当我起航的时辰；

虽然潮水会把我带到无限远，
越出我们的时间空间，
我希望见到领航人，面对着面，
当我越过了海滩。

飞白　译

缪 塞

Alfred de Musset

阿尔弗莱·德·缪塞（1810—1857），法国浪漫派四大诗人之一（其余是拉马丁、维尼和雨果）。他虽然只活了短短的47岁，却给法国文学史留下了丰富的遗产。缪塞14岁开始写诗，20岁出版诗集《西班牙和意大利的故事》，震动法国诗坛。1852年，缪塞被选为法兰西学院院士。

献给一颗星星

黄昏时分苍白的星，远方的使者，
在落日的帷幕上露出你晶莹的前额，
从你那蓝色的宫殿，在苍穹的怀抱里，
你眺望着平原上的什么？

暴风雨远去了，风平息下来，
悲鸣的森林在灌木丛上哭泣着，
金色的飞蛾，轻盈地飞舞，
穿过了一片片香气馥郁的草地。

在沉睡的大地上你在寻找什么？
不过我看到你已下降到群山之上，
你微笑着逃开去，忧郁的朋友，
你那颤抖的目光也将随之消逝。

星星已下降到绿色的山冈，

就像夜的外套上一滴银色的伤心的泪珠。

赶路的牧人从远处眺望着你，

他的一大群羊则在他的身后一步步地跟随着。

啊星星，在这无限深沉的夜里你将去何方？

远方　译

勃朗宁

Robert Browning

罗伯特·勃朗宁（1812—1889），英国最著名的大诗人之一，与丁尼生齐名，是维多利亚时代两大诗人之一。他以精细入微的心理探索而独步诗坛，对英美20世纪诗歌产生重要影响。勃朗宁生于银行职员家庭，因全家是福音派信徒，他失去了上中学、大学的资格，靠父亲丰富的藏书自学成才。勃朗宁与女诗人伊·巴蕾特结婚后在意大利住了很长时间，所以他的诗中有大量的意大利题材。他的诗，以独树一帜的戏剧独白式和复杂微妙的心理描写闻名于世。

失去的恋人

那么，一切都过去了。难道实情的滋味
真有预想的那么难咽？
听，麻雀在你家村居的屋檐周围
叽叽喳喳地道着晚安。

今天我发现葡萄藤上的芽苞
毛茸茸地，鼓了起来；
再一天时光就会把嫩叶催开，瞧：
暗红正渐渐转为灰白。

最亲爱的，明天我们能否照样相遇？
我能否仍旧握住你的手？
“仅仅是朋友”，好吧，我失去的许多东西，
最一般的朋友倒还能保留：

你乌黑澄澈的眼睛每一次闪烁
我都永远铭刻在心；
我心底也永远保留着你说
“愿白雪花回来”的声音！

但是，我将只说一般朋友的语言，
或许再稍微强烈一丝；
我握你的手，将只握礼节允许的时间，
或许再稍微长一霎时！

飞白　译

Hans Theodor Woldsen Storm

汉斯·台奥多尔·沃尔特森·施托姆（1817—1888），德国19世纪现实主义作家和抒情诗人。施托姆中学毕业后入基尔和柏林的大学学习法律，1843年回故乡当律师。施托姆的主要成就是小说，代表作有《茵梦湖》。他一生中共写过240多首抒情诗，其中绝大部分是爱情诗。这些诗兼具古典诗歌和民歌的风味，情景交融，耐人玩味。

命　运

从前他给过她
他那青春的爱；
现在她赶他走，
要他莫再异想天开。

不久一个贤雅的姑娘
跟着他回到家里来，
在那芸芸众生之中，
她只把他一个人爱。

尽管他心中的深情
从不曾为她澎湃，
她却只为他而生存，
只为他而忍耐。

舒柱　译

勃朗特

Emily Jane Bronte

艾米莉·勃朗特（1818—1848），19世纪英国作家与诗人，著名的勃朗特三姐妹之一，世界文学名著《呼啸山庄》的作者，这部小说奠定了她在英国文学史以及世界文学史上的地位。此外，她还创作了100多首诗，曾被誉为19世纪22位杰出诗人之一，是英国一位天才型女作家。英国批评家马修·阿诺德曾在讨论中评价勃朗特说，她的心灵中非凡的热情，强烈的情感、忧伤、大胆，是自拜伦死后无人可与之比拟的。

我独自坐着

我独自坐着；夏季的白昼
在微笑的光辉中逝去；
我看见它逝去，我看着它
从迷漫的山丘和无风的草地上消失；
在我的灵魂里思潮迸出，
我的心在它的威力下屈从；
在我的眼睛里泪水如涌，
因为我不能把感情说个分明，
就在那个神圣的、无人干扰的时辰，
我四周的严肃的欢悦悄悄溜进。
我问我自己："啊，上天为什么
不肯把那珍贵的天赋给我，

那光荣的天赋给了许多人，
让他们在诗歌里说出他们的思索！”
“那些梦包围了我，”我说，
“就从无忧患的童年的欢快时光起；
狂热的奇想提供出种种幻象，
自从生命还在它的风华正茂时期。”
然而如今，当我曾希望歌唱，
我的手指却触动一根无音的弦；
而歌词的叠句仍然是
“不要再奋斗了；一切都是枉然。”

杨苡　译

Walt Whitman

沃尔特·惠特曼（1819—1892），美国著名诗人、人文主义者。作为木匠的儿子，惠特曼自幼参加各种劳动，读过几年小学。后来又当过乡村教师、记者、木工、建筑师和政府职员。南北战争期间，他主动到华盛顿去充当护士，生活十分艰苦，借抄写度日，把节省下的钱用在伤病员身上。他在充当护士将近两年的时间中，大约接触了 10 万名士兵，有许多后来还一直和他保持联系。

惠特曼从 19 世纪 50 年代开始写作自由体诗歌，1855 年他自费印行了《草叶集》第一版。这本薄薄的诗集可以说是美国诗歌的大胆革新，但是未能引起文学界充分的注意，甚至遭到了劈头盖脸的批评。只有当时的大诗人爱默生肯定了这本不同凡响的诗集，赞扬了它新颖的思想、朴实的语言、大胆的创造。此后，《草叶集》每出一版，就增加新的篇章，到 1882 年，已经是收有 372 首诗的巨著。

我听见美洲在歌唱

我听见美洲在歌唱，
我听见各种不同的颂歌，
机器匠在歌唱着，
他们每人歌唱着他的愉快而强健的歌，
木匠在歌唱着，
一边比量着他的木板或梁木，
泥瓦匠在歌唱着，
当他准备工作或停止工作的时候，
船家歌唱着他船里所有的一切，
水手在汽艇的甲板上歌唱着，
鞋匠坐在他的工作凳上歌唱，
帽匠歌唱着，
站在那里工作，
伐木者、犁田青年们歌唱着，
当他们每天早晨走在路上，

或者午间歇息，

或到了日落的时候，

我更听到母亲的美妙的歌，

正在操作的年轻的妻子们的或缝衣或洗衣的

女孩子们的歌，

每人歌唱属于他或她而不是属于任何别人的一切，

白昼歌唱白昼所有的，

晚间，

强壮而友爱的青年们的集会，

张嘴唱着他们的强健而和谐的歌。

楚图南　译

哦，船长，我的船长

哦，船长，我的船长！我们险恶的航程已经告终，
我们的船安渡过惊涛骇浪，
我们寻求的奖赏已赢得手中。
港口已经不远，钟声我已听见，万千人众在欢呼呐喊，
目迎着我们的船从容返航，我们的船威严而且勇敢。
可是，心啊！心啊！心啊！
哦，殷红的血滴流泻，
在甲板上，那里躺着我的船长，
他已倒下，已死去，已冷却。

哦，船长，我的船长！起来吧，请听听这钟声，
起来——旌旗，为你招展——号角，为你长鸣。
为你，岸上挤满了人——
为你，无数花束、彩带、花环。
为你，熙攘的群众在呼唤，转动着多少殷切的脸。
这里，船长！亲爱的父亲！

你头颅下边是我的手臂！
这是甲板上的一场梦啊，
你已倒下，已死去，已冷却。

我们的船长不做回答，他的双唇惨白、寂静，
我的父亲不能感觉我的手臂，
他已没有脉搏，没有生命，
我们的船已安全抛锚碇泊，航行已完成，已告终，
胜利的船从险恶的旅途归来，我们寻求的已赢得手中。
欢呼，哦，海岸！轰鸣，哦，洪钟！
可是，我却轻移悲伤的步履，
在甲板上，那里躺着我的船长，
他已倒下，已死去，已冷却。

江枫　译

波德莱尔

Charles Pierre Baudelaire

夏尔·皮埃尔·波德莱尔（1821—1867），法国著名诗人，象征派诗歌先驱。他出生在巴黎，并在那里度过了他的童年及一生中大部分时间。其父亲是一位具有启蒙运动思想的艺术家。6岁时父亲去世，母亲改嫁，从而使他幼小的心灵蒙上了一层阴郁的色彩，产生了“永远孤独的命运感”。这一创伤几乎正是他极端浪漫派诗歌的根基。

他一生中几乎没有从事过固定的职业，而主要的时间都在过着艰难的生活和拼命地写作。波德莱尔最著名的诗集就是《恶之花》。但后来，他又把其中很多诗篇改写为散文诗，集为《巴黎的忧郁》。在创作中，他摆脱了当时浪漫主义诗歌所陷入的个人情感与忧愁苦闷的泥潭，并且极度发挥了想象力在诗歌中的重要作用。由于他在诗歌中首先大量运用比喻、象征的手法，他又被后人奉为象征主义的鼻祖。从此，他的诗作对世界文坛产生了极大影响，启发了整个一代现代派诗人和象征主义艺术家，成为人们至今还在研究的艺术品。

月亮的哀愁

今夜，月亮进入无限慵懒的梦中，
像在重叠的垫褥上躺着的美人，
在入寐以前，用她的手，漫不经心
轻轻将自己乳房的轮廓抚弄，

在雪崩似的绵软的缎子背上，
月亮奄奄一息地耽于昏厥状态，
她的眼睛眺望那如同百花盛开
向蓝天里袅袅上升的白色幻象。

有时，当她感到懒洋洋无事可为，
给地球上滴下一滴悄悄的眼泪，
一位虔诚的诗人，厌恶睡眠之士，

就把这一滴像猫眼石碎片一样
闪着红光的苍白眼泪收进手掌，
放进远离太阳眼睛的他的心里。

钱春绮　译

静　思

乖一点，我的沉哀，你得更安静，
你吵着要黄昏，它来啦，你瞧瞧：
一片幽暗的大气笼罩住全城，
与此带来宁谧，与彼带来烦恼。
当那凡人们的卑贱庸俗之群，
受着无情刽子手“逸乐”的鞭打，
要到奴性的欢庆中采撷悔恨，
沉哀啊，伸手给我，朝这边来吧，
避开他们。你看那逝去的年光，
穿着过时的衣衫，凭着天的画廊，
看那微笑的怅恨从水底浮露，
看睡在涵洞下的垂死的太阳，
我的爱，再听温柔的夜在走路，
就好像一条长殓布曳向东方。

1861 年

戴望舒　译

狄金森

Emily Dickinson

艾米莉·狄金森（1830—1886），19世纪美国女诗人。生前只发表过极少数诗作。她一生写了1700多首诗，其诗都是别人在她死后整理出版的。直到20世纪20年代，她的诗才引起英美文学界广泛的重视，一跃而成为有影响的诗人。她的诗打破了以前英语诗歌的某些传统规范（但又迥异于惠特曼的风格），写得都很短，富有奇想，常寓有深邃的哲理。

23岁时，她第一次随父亲远游到华盛顿，在费城邂逅华兹华斯并深深爱上了他，但华兹华斯已有妻室，这份感情注定无望。归来后，狄金森闭门谢客，终生未嫁。

夜夜暴风雨

夜夜暴风雨，夜夜暴风雨
要是我和你相守
夜夜暴风雨就是
我们奢侈的享受

对于一颗心泊在港湾——
与罗盘已了断
与海图已了断
狂风，无力摧残

在伊甸园中划船
啊，那片海洋
今夜，但愿我能停泊
在你的心上

吴钧陶　译

灵魂选择了她自己的友伴

灵魂选择了她自己的友伴
然后，对她的神圣的去世者
把门一关
不再露面

不动心，她注意到一辆辆花车
停在她的低矮的正门旁
不动心，即使一位皇帝下跪
在她门前的垫子上

我已经知道她，从一个很大的国家
挑选了一个人
然后，闭上了她注意力的阀门
像石头一样

吴钧陶　译

假如我能使一颗心不破损

假如我能使一颗心不破损
我将不虚此生
假如我能使一个生命减轻疼痛
或者抚慰一种悲苦

或者帮助一只昏厥的鸫鸟
回到它的巢中安身
我将不虚此生

吴钧陶　译

罗塞蒂

Christina Georgina Rossetti

克里斯蒂娜·乔金娜·罗塞蒂（1830—1894），英国女诗人，画家兼诗人D·G·罗塞蒂的妹妹。她一生过着平静的隐居生活，侍奉母亲，终身未嫁。有过两次恋爱，可是都由于宗教观点不同而分手。不幸的爱情、死亡和宗教信仰常常是她诗歌的主题，基调往往是忧郁、肃穆的，充满纯真而神秘的气氛。

邮政编码

我要刺你，让你永不会忘记。

我不愿被你采折。

短　歌

爱人啊，有一天我死去
不要为我唱哀曲
不要在我头边种蔷薇
也不要柏树荫垂
让雨水和露珠湿润
教青草在我上面萌生
如果你愿意，请记起
如果你愿意，请忘记

我将看不见黑影
我将感不到雨淋
我将听不见夜莺
似乎是痛苦地悲鸣
我做梦，透过那薄雾
它不上升也不落
也许偶然我记起
也许偶然我忘记

吴钧陶　译

短 歌

哦，把玫瑰给火红的青春
把月桂给在巅峰的盛年人
但是摘一根常春藤给我
这未老先衰的心身

哦，把紫罗兰给青春的墓茔
把桂冠给盛年早逝的俊英
请把枯萎的叶子给我
从前我已选定

吴钧陶 译

诞　辰

我的心像一只唱歌的小鸟，
小鸟在水淋淋的嫩枝上筑巢；
我的心像一株苹果树，丫杈
由于累累的果实而弯下；
我的心像一艘彩虹的小艇，
在波平浪静的大海上滑行；
我的心比这些都更为欢快，
因为我的爱人已经到来。

为我筑丝绸和绒毛的高台，
悬挂松鼠皮，用绛紫色彩；
雕刻出石榴树和野鸽飞跃，
以及有成百只眼睛的孔雀；
再替它精绣出金银色的葡萄、
银色的鸢尾花和绿叶飘摇；
因为我的生命的诞辰，现在
已到来，爱人已经到来。

吴钧陶　译

普吕多姆

Sully Prudhomme

苏利·普吕多姆（1839—1907），法国诗人，年轻时做过工程师，学习过法律，但他对这些被别人视为坦途正道的职业毫无兴趣，而是热衷于写诗，26岁出版第一部诗集《诗歌集》，当时批评界巨擘圣·伯夫赞扬普吕多姆“在诗中提出了新的运动，宣告着有如黎明前的战栗一般的世界”。后期普吕多姆从抒情诗转而创作哲理诗又最终转向散文，他认为自己是在转向更有意义的工作。

1901年，瑞典学院授予苏利·普吕多姆诺贝尔文学奖，作为获诺贝尔文学奖的第一位“桂冠诗人”，为了发展诗歌事业，他决定把奖金捐赠出来作为一种诗歌奖的基金，由法国作家协会负责颁发。

银　河

有一夜，我对星星们说：
“你们看起来并不幸福；
你们在无限黑暗中闪烁，
脉脉柔情里含着痛苦。

“仰望长空，我似乎看见
一支白色的哀悼的队伍，
贞女们忧伤地络绎而行，
擎着千千万万支蜡烛。

“你们莫非永远祷告不停？
你们莫非是受伤的星星？
你们洒下的不是星光啊，
点点滴滴，是泪水晶莹。

“星星们，你们是人的先祖，
你们也是神的先祖，
为什么你们竟含着泪？……”

星星们回答道：“我们孤独……

“每一颗星都远离姐妹们，
你却以为她们都是近邻。
星星的光多么温柔、敏感，
在她的国内却没有证人。

“她的烈焰放出满腔热情，
默然消失在冷漠的太空。”
于是我说：“我懂得你们！
因为你们就像心灵。

“每颗心发光，离姐妹很远，
尽管看起来近在身边。
而她——永恒孤独的她
在夜的寂静中默默自燃。”

飞白　译

命　运

要是我没在这样的媚眼下学会爱情
该有多好！那我就不会在世上这么久地
忍受这辛酸的回忆，唯有它，永不消逝，
离得再远，对我来说也是记忆犹新。

唉！我怎能吹得灭这淡蓝的眼睛
像灭一支蜡烛，它闪烁在我孤独的心里，
我不能安静地度过一个夜晚，即使
我披上坟墓漆黑的阴影。

要是我像众人一样，首先爱的是人品
而不是折磨人的美丽，那该有多好！
这惊艳超出了心的力量和欲望的边境。

我本来能够照自己的心愿去自由地爱，
可我的情人，我已选择的情人，
我无法再把她替换，犹如姐妹。

胡小跃　译

哈代

Thomas Hardy

托马斯·哈代（1840—1928），蜚声世界的英国杰出小说家，同时又是一位杰出的诗人。实际上，哈代的文学生涯是从写诗开始的，后因无法以写诗维持生活，才转而从事小说创作。1878年发表小说《还乡》，1891年发表小说《德伯家的苔丝》，1896年发表小说《无名的裘德》。《无名的裘德》中因为讲述男女主角是表亲的婚恋，触犯了当时的伦理道德，受到猛烈攻击，哈代便愤而放弃小说，重新注全力于写诗。

他一生写了918首诗，共辑为八集，另有长篇诗剧《列国》。在英国诗歌史上，哈代是一个承前启后的诗人，他既是19世纪古典诗的余音，又是20世纪现代诗的先声，因而占有突出的地位。1910年，哈代获得英国文学成就奖。

偶　然

假若有一位满腹仇恨的上帝，
从苍空对我笑道："你受苦之人，
须知你的痛苦就是我的狂喜，
你爱的损失恰恰满足了我的恨！"

那么我将咬牙忍痛地死去，
对他罚不当罪的怒火不加抱怨；
我将稍感宽慰，因他原比我更有力，
让我受苦流泪本出于他的意愿。

但事实却不然。何以欢乐遭杀戮？
播下的美好希望总开不出花朵？
——是昏聩的偶然遮挡了阳光雨露，
而时间则以悲哀当骰子，掷玩取乐……
这些半瞎的人类命运的主宰者啊，
任意将悲欢撒在我人生的旅途。

顾子欣　译

驱　月

关上窗户吧，拉上窗帘吧，
驱出那个偷窥的月亮，
她太像、太像她过去的模样，
那时我们的琴还未蒙上
积年的尘埃，我们也未见
熟悉的名字刻在墓碑上。

别走向那降满露水的草地，
别去瞭望那仙后星座，
那硕大的晶光闪烁的猎户星，
还有小熊座和大熊座：
别出门去；当逝者尚容颜美丽
这景象曾多么使我们着魔。

别去花树中沾采午夜的幽香，
那时断时续的缕缕芬芳。
也别惊醒那同样甜蜜的情感，
那情感我们曾一度共享，
当生活好像在欢笑，当爱情像人们所描述的那样。

把我的目光和思想囚禁起来吧，
囚禁在这灯光朦胧的屋内；
让阴影笼罩着那些精雕细饰吧，
我只消人云亦云张一张嘴；
人生早年的鲜花过于芬芳呵，
它的果实却含着太多的苦味！

顾子欣　译

Paul Verlaine

保罗·魏尔伦（1844—1896），法国著名诗人，19世纪象征派的集大成者。他的生活道路是曲折的，年轻时当过保险公司小职员，巴黎市政厅的抄写员。1871年在巴黎时深受年轻诗人亚瑟·兰波影响。与妻子分居后，他和兰波过上了放荡不羁的生活，并沦落成酒鬼。1873年在与兰波争吵时开枪打伤了他，因此被判入狱两年。巴黎公社执政期间，他任公社新闻处主任。公社失败后，他变得颓唐，放荡，最后在贫病中死去。

魏尔伦是20世纪现代派诗歌的先驱之一，其诗对当代和后世都产生过很大的影响。他的诗亲切、自然、含蓄，富于感情色彩和音乐性。

月　光

你的心灵是一幅绝妙的风景画：
假面和贝贾莫舞令人陶醉忘情，
舞蹈者啊，唱啊，弹着琵琶，
奇幻的面具下透出一丝凄情。

当欢舞者用“小调”的音符，
歌唱爱的凯旋和生的吉祥，
他们似乎不相信自己的幸福，
当他们的歌声溶入了月光——

月光啊，忧伤，美丽，静寂，
照得小鸟在树丛中沉沉入梦，
照得那纤细的喷泉狂喜悲泣，
在大理石雕像之间腾向半空。

罗洛　译

泪洒落在我的心上

雨轻轻地在城市上空落着

——阿尔蒂尔·兰波

泪洒落在我的心上
像雨在城市上空落着。
啊，是什么样的忧伤
荆棘般降临我的心上？

啊，地面和屋顶的雨
这样温柔地喧闹！
对我的心的忧愁，
啊，这扬起歌声的雨！

雨水洒落，没来由啊，
落在这病了的心里。
什么？没有人背弃我？
这忧伤没来由啊。

这确是最坏的悲哀：
我不知道是为什么，
没有恨也没有爱，
我的心有这许多悲哀。

罗洛　译

兰 波

Jean Nicolas Arthur Rimbaud

让·尼古拉·阿蒂尔·兰波（1854—1891），19世纪后期法国少年诗人，早期象征主义诗歌的代表人物，超现实主义诗歌鼻祖。他在16岁至19岁间写出了许多传世之作，对西方诗歌发展有着深刻的影响。兰波的一生极为传奇，被称为“天生带着野性的种子到处奔波的通灵诗人”。

市侩气浓厚的小镇生活，父亲弃家不归而母亲脾气暴躁的家庭环境，窒息了兰波的童年。他怀着对自由的渴望，不断离家出走，并写作充满反抗情绪的诗。巴黎公社起义爆发时，兰波写了《巴黎战歌》《让娜·玛丽的手》为公社的反叛思想欢呼。

公社失败后，兰波开始创作一种新风格的诗——象征主义的诗。他16岁时作的《醉舟》和《元音》（又以《彩色十四行诗》闻名）二诗，被认为是象征主义诗歌的奠基作。兰波的诗在富于叛逆精神的同时，又富于幻想和色彩，强调对“未知”的追求和各种感官的“交错”。

醉舟（节选）

这一片青蓝和荒诞，以及白日之火
辉映下的缓慢节奏，转眼被染了色——
橙红的爱的霉斑在发酵，在发苦，
比酒精更强烈，比竖琴更辽阔。

我熟悉在电光下开裂的天空，
狂浪、激流、龙卷风；我熟悉黄昏
和像一群白鸽般振奋的黎明，
我还见过人们只能幻想的奇景！

我见过夕阳，被神秘的恐怖染黑，
闪耀着长长的紫色的凝辉，
海浪把颤动的百叶窗向远方卷去，
像远古时代戏剧里的合唱队！

我梦见绿的夜，在炫目的白雪中，
一个吻缓缓地涨上大海的眼睛，
闻所未闻的液汁的循环，
磷光歌唱家的黄与蓝的觉醒！

我曾一连几个月把长浪追赶，
它冲击礁石，恰像疯狂的牛圈，
怎能设想玛利亚们光明的脚
能驯服这哮喘的海洋的嘴脸！

我撞上了不可思议的佛罗里达，
那儿豹长着人皮，豹眼混杂于奇花，
那儿虹霓绷得紧紧，像根根缆绳
套着海平面下海蓝色的群马！

我见过发酵的沼泽，那捕鱼篓——
芦苇丛中沉睡着腐烂的巨兽；
风平浪静中骤然大水倾泻，
一片远景像瀑布般注入涡流！

我见过冰川、银太阳、火炭的天色，
珍珠浪、棕色海底的搁浅险恶莫测，
那儿扭曲的树发出黑色的香味，
从树上落下被臭虫啮食的巨蛇！

我真想给孩子们看碧浪中的剑鱼——
那些金灿灿的鱼，会唱歌的鱼；
黄的泡沫祝福我无锚而漂流，
语言难以形容的清风为我添翼。

飞白　译

永　恒

找到了！

什么？永恒。

那是融有太阳的大海。

我不朽的魂灵，

察看你的意愿，

纵然只有黑夜，

白昼也如火炽。

所以你脱弃人类的赞许，

共同地奋起！

你任自飞去……

——从来没有希望，

也没有新生。

科学和坚忍，

苦刑准有份。

没有明天，

炭火如锦缎，

你的热忱便是你的义务。

已经找到！

——什么？——永恒。

那是融有太阳的大海。

王道乾　译

泰戈尔

Rabindranath Tagore

拉宾德拉纳特·泰戈尔（1861—1941），印度诗人、文学家、哲学家和印度民族主义者。诞生于印度加尔各答一个富有贵族家庭，他赴英国留学时，最初学习法律，后转入伦敦大学学习英国文学，研究西方音乐。回国后，长期住在乡村。

1913年，他以《吉檀迦利》成为第一位获得诺贝尔文学奖的亚洲人。1941年写作控诉英国殖民统治和相信祖国必将获得独立解放的遗言《文明的危机》。1941年，泰戈尔在加尔各答祖居宅第里平静地离开人世，成千上万的市民为他送葬。

孩子的世界

我愿我能在我孩子自己的世界的中心，占一角清净地。

我知道有星星同他说话，天空也在他面前垂下，用它傻傻的云朵和彩虹来娱悦他。

那些大家以为他是哑的人，那些看去像是永不会走动的人，都带了他们的故事，捧了满装着五颜六色的玩具的盘子，匍匐地来到他的窗前。

我愿我能在横过孩子心中的道路上游行，解脱了一切的束缚；

在那儿，使者奉了无所谓的使命奔走于无史的诸王的王国间；

在那儿，理智以她的法律造为纸鸢而飞放，真理也使事实从桎梏中自由了。

郑振铎　译

《飞鸟集》（节选）

第一句

夏天的飞鸟 飞到我的窗前唱歌 又飞去了。

秋天的黄叶 它们没有什么可唱 只叹息一声 飞落在那里。

第三句

世界对着它的爱人 把它浩瀚的面具揭下了。

它变小了 小如一首歌 小如一回永恒的接吻。

第九句

有一次 我们梦见大家都是不相识的。

我们醒了 却知道我们原是相亲相爱的。

第二十三句

“我们 萧萧的树叶 都有声响回答那暴风雨 但你是谁呢 那样地沉默着？”

“我不过是一朵花。”

第六十三句

上帝对人说道："我医治你 所以要伤害你 我爱你 所以要惩罚你。"

第六十四句

谢谢火焰给你光明 但是不要忘了那执灯的人 他是坚忍地站在黑暗当中呢。

第一百零二句

只管走过去，

不必逗留着去采了花朵来保存，

因为一路上，

花朵自会继续开放的。

郑振铎　译

叶 芝

William Butler Yeats

威廉·巴特勒·叶芝（1865—1939），爱尔兰著名抒情诗人，20 世纪初爱尔兰文艺复兴运动的领导人之一，于 1923 年获得诺贝尔文学奖。他是后期象征主义诗歌在英国的主要代表，对现代英诗的发展有过重大影响。叶芝早期的作品承袭 19 世纪末唯美主义的风格，进入不惑之年后，在现代主义诗人艾兹拉·庞德等人的影响下，尤其是在其本人参与爱尔兰民族主义政治运动之后，创作风格发生了比较激烈的变化。

当你老了

当你老了，头白了，睡意昏沉，
炉火旁打盹，请取下这部诗歌，
慢慢读，回想你过去眼神的柔和，
回想它们昔日浓重的阴影；

多少人爱你青春欢畅的时辰，
爱慕你的美丽，假意或真心，
只有一个人爱你那朝圣者的灵魂，
爱你衰老了的脸上痛苦的皱纹；

垂下头来，在红光闪耀的炉子旁，
凄然地轻轻诉说那爱情的消逝，
在头顶的山上它缓缓踱着步子，
在一群星星中间隐藏着脸庞。

1893 年

袁可嘉　译

茵纳斯弗利岛

我就要动身走了，去茵纳斯弗利岛，
搭起一个小屋子，筑起泥巴房；
支起九行芸豆架，一排蜜蜂巢，
独个儿坐着，树荫下听蜂群嗡嗡唱。

我就会得到安宁，它徐徐下降，
从早晨的薄雾落到蟋蟀歌唱的地方；
午夜是一片闪亮，正午是一片紫光，
傍晚到处飞舞着红雀的翅膀。

我就要动身走了，因为我听到，
那水声日日夜夜轻拍着湖滨；
不管我站在车行道，还是人行道，
我都在心灵深处听见这声音。

袁可嘉　译

吉卜林

Joseph Rudyard Kipling

约瑟夫·鲁德亚德·吉卜林（1865—1936），英国作家、诗人。出生于印度孟买。1889年，以记者身份开始经由中国、日本、美国“征服世界”的漫长之旅，途中写了大量札记，结集为《从大海到大海》的特写集。1892年，重游美国，与美国作家查尔士·贝勒斯梯尔合作诗集《营房谣》，在诗集中歌颂维多利亚女王时期英国士兵勇敢战斗的尚武精神，轰动了英国文坛，并因此获得了“英国军队的行吟诗人”称号。1907年，出版小说《老虎！老虎！》。同年，获得诺贝尔文学奖。1926年，凭借《基姆》获得英国皇家文学会的金质奖章。1936年吉卜林因脑溢血在伦敦逝世，英国政府为他举行了国葬，他的骨灰被放入西敏斯特教堂“诗人角落”。

陌生人

那陌生人在我的门里，
他也许淳朴，也许宽厚，
但他不以我的语言与我交谈，
他的思想我无法感受，
我看到那脸，那眼，那嘴，
但灵魂被掩蔽在它们身后。
那些与我源出一脉的人，
他们也许很行，也许很烂，
但他们习惯了听我说谎，
他们的谎言我也听着习惯，
当我们想和对方做笔买卖，
不需要翻译，替彼此中转。
那陌生人在我的门里，
他也许有善心，也许有恶意，
但我不确定权势能够操控什么，
以什么手段来左右他的情绪，

也不知道他那位来自远方的神，
何时又会回到他的血液里。
那些与我源出一脉的人，
他们也许坏透了，
但至少，他们听到我所听到的，
看到我所看到的，
我怎么看待他们的那点喜好，
他们也就怎么看待我的。
这曾是我父亲的信条，
现在，也是我的宗旨：
稻谷，就把它们扎进同一个捆，
葡萄，就让它们挂在同一条枝，
免得串味的面包和酒
酸倒了咱们孩子的牙齿。

黎幺 译

如　果

“与正直的人为伍”

——《报偿与仙灵》[1]

如果你能保持理性，当你
身边所有人都已失去它，并为此指责你；
如果你能信任自我，当所有人都质疑你——
但还要给他人留有质疑你的余地；
如果你能等待，且不会倦于等待，
即使被谎言包围，也不亲口炮制谎言，
即使受人憎恨，也不让憎恨进入自己的胸怀。
还有，切勿眼中尽善好，尤忌出口皆箴言。

如果你能做梦，且不受梦的支使，
如果你能思想，且不止步于思想，

---

①《报偿与仙灵》是吉卜林于1910年出版的短篇故事集，《如果》便收录在这本书里。

如果你能在功名与不幸到来时，
将两者同样视为虚妄的幻象，
如果你能承受，你说出的真相被
卑鄙地扭曲，借以诱使愚人中计，
或者目睹你置于生命中心的事物，被粉碎，
只默然躬身，操着残破的工具重新建起。
如果你能留住每一次你赢得的，积少成多，
也能冒险孤注一掷，押上所有积蓄，
输了就重新开始，一次次反复来过，
呼吸之间，从未流露一个有关失败的词语；
如果你能驱策你的心，你的神经和体力，
坚守你的岗位，当人们早已离去，
一直守着，直到所有一切都将你遗弃，
除了你的意志，它一直告诉它们：“坚持下去！”

如果你能与平民聊天，而不降低你的品格，
或者与君王同行，也不丢失你的本色，
如果无论敌人或是亲密的朋友，都不能伤你分毫，
如果对于你，所有人都有价值，但没有谁过于重要；
如果你奔跑着，以货真价实的六十秒累加，冲抵
不留余地的一分钟面值，
世界是你的，其中的每事每物属于你，
而且——更重要的是——你将是个男子汉，我的儿子！

黎幺 译

巴尔蒙特

Balmont Konstantin Dmitriyevich

巴尔蒙特·康斯坦丁·德米特里耶维奇（1867—1942），俄国诗人，评论家，翻译家。1867年，他出生于贵族家庭，后在莫斯科大学法律系就读，终因参加学潮被开除。他周游世界，通晓多种语言，把很多外国作品翻译成俄文介绍到俄国，打开俄国人的眼界。巴尔蒙特在20世纪初的俄国诗坛中占有重要地位。

他一生执着于对太阳的崇拜，自称“太阳的歌手”，以太阳为题材的作品成为他创作的高峰。巴尔蒙特作为俄国象征派领袖人物之一，追求音乐性强、辞藻优美、意境深远的诗风。他的一生充满动荡，得到的评价也曾经褒贬不一。

我是自由的风

永远吹拂，我是自由的风，
我激起波涛，我亲近柳丛，
在树枝间呼吸，默默叹息，
爱抚着青草，爱抚着田垄。

趁春光明媚，做五月信使，
我亲吻铃兰，陶醉于憧憬，
谛听着风声蓝天悄然不语——
懒散地吹拂，我飘入幻梦。

用情不专，忽而东西盘旋，
扫荡着乌云，把大海搅动，
犹如一声长叹掠过了旷原，
又似雷霆震撼哑默的长空。

旋即复归平和，永远喜悦，
比仙女相互亲近更富柔情，
我依傍树木，呼吸于田野，
我健忘，永远是自由的风……

1897年

谷雨　译

为了看看阳光，我来到世上

我来到这个世界为的是看太阳，
和蔚蓝色的田野。
我来到这个世界为的是看太阳，
和连绵的群山。

我来到这个世界为的是看大海，
和百花盛开的峡谷。
我与世界签订了和约，
我是世界的真主。

我战胜了冷漠无言的冰川，
我创造了自己的理想。
我每时每刻都充满了启示，
我时时刻刻都在歌唱。

我的理想来自苦难，
但我因此而受人喜爱。
试问天下谁能与我的歌声媲美？
无人，无人媲美。

我来到这个世界为的是看太阳，
而一旦天光熄灭，
我也仍将歌唱……歌颂太阳
直到人生的最后时光！

谷雨　译

我爱你

我爱你，比爱大海、天空和歌唱更强烈，
我爱你，比我活在世上的日子更久远。
你只为我燃烧，像远方寂静中的一颗孤星，
你是一艘船永不沉没，
无论是在梦中，在波浪中，还是在雾中。

我爱你全出于偶然，星眸一闪，一见钟情，
我看见你犹如突然睁开了眼睛的盲人
惊奇于世上已经有了如此精美的造型，
地上是如此丰盛，土耳其宝石与绿松石交融。
我记得。我记得你打开书，翻动着纸页微微作响。
“哪怕心灵反映的是一块冰，也无妨吗？”我问。
你对我粲然一笑，眼望着远处，凝神。
我爱——爱我的爱情，并为所爱的人歌唱爱情。

谷雨　译

弗罗斯特

Robert Frost

罗伯特·弗罗斯特（1874—1963），20世纪最受欢迎的美国诗人之一，出生在美国加利福尼亚州。曾当过新英格兰的鞋匠、教师和农场主。1913年出版第一部诗集《男儿的意志》，一举成名。后在一农场定居，多以乡村生活为题材进行诗歌创作。弗罗斯特擅长通过对自然景物和乡间生活的精确描绘，表现新的思想和境界。他曾赢得4次普利策奖和许多其他的奖励及荣誉，被称为“美国文学中的桂冠诗人”。

雪夜林边逗留

我知道谁是这林子的主人，
尽管他的屋子远在村中；
他也看不见我在此逗留，
凝视这积满白雪的树林。

我的小马想必感到奇怪：
为何停在树林和冰封的湖边，
附近既看不到一间农舍，
又在一年中最黑暗的夜晚。

它轻轻地摇了一下佩铃，
探询是否出了什么差错。
林中毫无回响一片寂静，
只有微风习习雪花飘落。

这树林多么可爱、幽深，
但我必须履行我的诺言。
睡觉前还有许多路要走啊，
睡觉前还有许多路要走。

顾子欣　译

未选择的路

黄色的树林里分出两条路，
可惜我不能同时去涉足，
我在那路口久久伫立，
我向着一条路极目望去，
直到它消失在丛林深处。

但我选择了另外一条路，
它荒草萋萋，十分幽寂，
显得更诱人，更美丽；
虽然在这条小路上，
很少留下旅人的足迹。

那天清晨落叶满地，

两条路都未经脚印污染。

啊，留下一条路等改日再见！

但我知道路径延绵无尽头，

恐怕我难以再回返。

也许多少年后在某个地方，

我将轻声叹息将往事回顾：

一片树林里分出两条路——

而我选择了人迹更少的一条，

从此决定了我一生的道路。

顾子欣　译

里尔克

Rainer Maria Rilke

赖内·马利亚·里尔克（1875—1926），奥地利现代著名诗人，生于布拉格，11 岁入陆军学校，后学习商业。1898 年创作的抒情散文诗《旗手克里斯朵夫·里尔克的爱与死之歌》曾传诵一时。长期侨居巴黎，并到许多国家旅行。1915 年一战期间被征入伍，服役于维也纳战事档案馆。长期以来，里尔克都以一个沉思的形象屹立在西方诗坛。

豹——在巴黎植物园

它的目光被那走不完的铁栏
缠得这般疲倦，什么也不能收留。
它好像只有千条的铁栏杆，
千条的铁栏后便没有宇宙。

强韧的脚步迈着柔软的步容，
步容在这极小的圈中旋转，
仿佛力之舞围绕着一个中心，
在中心一个伟大的意志昏眩。

只有时眼帘无声地撩起——
于是有一幅图像侵入，
通过四肢紧张的静寂——
在心中化为乌有。

1903 年

冯至　译

爱的歌曲

我怎么能制止我的灵魂，让它
不向你的灵魂接触？我怎能让它
越过你向着其他的事物？
啊，我多么愿意把它安放
在阴暗的任何一个遗忘处，
在一个生疏的寂静的地方，
那里不再波动，如果你的深心波动。
可是一切啊，凡是触动你的和我的，
好像拉琴弓把我们拉在一起，
从两根弦里发出“一个”声响。
我们被拉在什么样的乐器上？
什么样的琴手把我们握在手里？
啊，甜美的歌曲。

1907 年

冯至　译

黑塞

Hermann Hesse

赫尔曼·黑塞（1877—1962），德国作家，诗人。黑塞一生曾获多种文学荣誉，1946年获得诺贝尔文学奖。黑塞爱好音乐与绘画，是一位漂泊、孤独、隐逸的诗人。二战后，美国文坛霸主一直是海明威，自20世纪60年代中期，黑塞渐渐取代了海明威，一时成了美国大众的文学崇拜偶像。黑塞被雨果·巴尔称为德国浪漫派最后一位骑士。黑塞对中国诗歌十分着迷，而且对中国哲学，特别是老庄哲学颇有研究。

黑眼睛

我的乡愁和我的爱情，
在今天这温暖的夜晚，
又恢复了温暖的生命，
像异国花香一样香甜。
我的乡愁和我的爱情，
我的一切幸福和不幸，
在你奇异的黑眼睛里，
像无言之歌一样辉映。
我的乡愁和我的爱情，
从世界和尘嚣中逃脱，
在你黑眼睛里为自己
建了一座秘密的王座。

钱春绮　译

Alexander Alexandrovich Blok

亚历山大·亚历山德罗维奇·勃洛克（1880—1921），俄国诗人，出生于圣彼得堡，父母都是有名望的知识分子。勃洛克从小就表现出写诗的天赋，1904年出版的《美妇人诗集》是其成名作和早期代表作，充满神秘主义和唯美主义色彩。勃洛克因此一跃成为当时俄国象征主义诗歌流派代表人物。他的诗自然清丽，宛如透明的珍珠，感情真诚，有的诗虽带有感伤成分，却又饱含了暴风雨般的激情。他的象征手法的运用使他的诗在艺术上更趋于完美，奇丽的构思和形象交替与抒情糅合得十分贴切。

我与你相会在日落时分

我与你相会在日落时分，
你用桨荡开了河湾的寂静，
我舍弃了精妙的幻想，
爱上你白色的衣裙。

无言的相会多么奇妙，
前面——在那小沙洲上
傍晚的烛火正在燃烧，
有人思念白色的女郎。

蔚蓝的寂静可不接纳——
移近、靠拢，以及焚燃……
我们相会在暮霭之下，
在涟漪轻漾的河岸。

没有忧郁，没有抱怨，没有爱情，
一切皆黯淡，消逝，去向远方……
白色的身躯，祭祷的声音，
你那金色的船桨。

汪剑钊　译

风从遥远的地方带来

风从遥远的地方带来
不可言传的春天的歌声，
这儿那儿露出了
一小片明亮深邃的天空。

在这无底的蔚蓝里，
在已临近的春天的黄昏，
冬天的暴风雪在哭泣，
星星仍闪着迷惘的梦。

我的琴弦也在哭泣，
战战兢兢，阴郁而低沉。
风从遥远的地方带来
你的明丽的歌音。

刘湛秋　译

Juan Ramón Jiménez

胡安·拉蒙·希梅内斯（1881—1958），西班牙诗人、散文家。生于西班牙乌埃瓦省的莫格尔。1918年，希梅内斯率先发起诗歌创新运动，对西班牙现代的“27年代”文学起到了很大的影响。1936年因西班牙内战爆发流亡国外，辗转迁居波多黎各。1956年希梅内斯获得诺贝尔文学奖。

我与你之间

你与我之间，爱情竟
如此淡薄、冷静而又纯洁，
像透明的空气，
像清澈的流水，在那
天上月
和水中月之间奔涌。

林之木　译

我不再归去

我已不再归去。

晴朗的夜晚温凉悄然，

凄凉的明月清辉下，

世界早已入睡。

我的躯体已不在那里，

而清凉的微风，

从敞开的窗户吹进来，

探问我的魂魄何在。

我久已不在此地，

不知是否有人还会把我记起，

也许在一片柔情和泪水中，

有人会亲切地回想起我的过去。

但是还会有鲜花和星光
叹息和希望，
和那大街上浓密的树下情人的笑语。
还会响起钢琴的声音，
就像这寂静的夜晚常有的情景，
可在我住过的窗口，
不再会有人默默地倾听。
但是还会有鲜花和星光
叹息和希望，
和那大街上浓密的树下情人的笑语。

江志方　译

蒂斯代尔

Sara Tretor Teasdale

莎拉·特雷弗·蒂斯代尔（1884—1933），美国女诗人。是集结在哈莉艾特·芒罗所编《诗刊》周围的诗人中的一员。诗人威切尔·杜赛曾向她求婚，但她于 1914 年嫁作商人妇，婚后却又离夫独居，1929 年正式离婚。1931 年杜赛自杀，她十分悲痛，不久，患精神分裂症，1933 年也以自杀结束了一生。作为抒情诗人，她的诗以精巧、凝练、朴实著称。其诗集《爱歌》获美国第一个诗歌普利策奖。

余　烬

我自语："青春已离去，
像被雨浇灭的火，
再不会摇曳、欢歌，
再不会与风儿嬉戏。"

我自语："熄灭了青春的
不是什么重大的伤痛，
只是些细碎的烦忧，
敲打不休。"

本以为我的青春已走远，
但你回来了——
于是像火听到风的召唤，
它又跳跃、燃烧起来了；

它甩掉灰烬的外衣，

穿上新装，

把自己装扮得像新娘，

再交到你手里。

Colas　译

庞 德

Ezra Pound

埃兹拉·庞德（1885—1972），美国诗人兼评论家，意象派诗歌运动重要代表人物。生于爱达荷州，在美国东部长大和受教育，一度在印第安纳州沃巴什学院任教。1908 年前往欧洲，他的一生主要是在意大利、英国和法国度过的。庞德和美国诗人希尔达·杜里特尔、理查德·奥尔丁拉、英国诗人 F·T·弗林特等创立了意象派诗歌，“意象主义”一词是他首先使用的。庞德是英美现代派诗歌的奠基人之一。一些著名诗人如艾略特、叶芝、弗罗斯特都受过他的影响。除早期发表的意象派诗作较著名外，长达 100 多首的组诗《诗章》（1925—1959）是他的主要著作。晚年主要从事翻译，翻译过不少中国古典诗歌。

在一个地铁车站

人群中这些面孔幽灵一般显现；
湿漉漉的黑色枝条上的许多花瓣。

杜运燮　译

抒情曲

我的爱人是深藏的火焰
躲在水底

——我的爱人快乐而善良
我的爱人不容易找到
就像水底的火焰。

风的手指
迎着她的手指
送来一个轻微的
快速的敬礼。

我的爱人快乐

而且善良，

但是不容易

遇见，

就像水底的火焰

不容易遇见。

赵恒毅　译

石川啄木

Ishikawa Takuboku

石川啄木（1886—1912），日本20世纪初彗星般闪现的天才诗人。生于岩手县南岩手郡姬神岳山腹日户村的寺庙，父亲是寺院的方丈。诗人才14岁便加入风靡一代的“新诗社”，20岁出版处女诗集《憧憬》，25岁出版处女歌集《一捧散沙》，逝世后出版第二部歌集《悲哀的玩具》。

诗人前期作品富于浪漫主义色彩，歌颂理想与追求。但自23岁起，生活逼迫他漂泊北国，难得温饱。尤其25岁那年，革命者幸德秋水被捕事件使他深受震动，大声疾呼“文学要反映人生”，并宣称自己是个社会主义者。

诗人同情下层人民，追求光明；诗作中一扫古调吟风弄月的绮靡诗风，独创清新自然的三行短歌的诗体，在日本诗歌史上有重要贡献。诗人短暂的27岁的生命历程，始终在颠沛流离中苦斗，在文学探索中奋进。

短歌（节选）

一

对着大海独自一人，
预备哭上七八天，
这样走出了家门。

五

“为这点事就死去吗？”
“为这点事就活着吗？”
住了，住了，不要再问答了！

六

不知怎的想坐火车了，
下了火车
却没有去处。

七

把发热的面颊
埋在柔软的积雪里一般，
想那么恋爱一下看看。

十

像从百年的长眠里醒过来似的，
打个哈欠，
没有想着什么事。

十一

想要愉快地
称赞别人一番；
寂寞啊，对于利己心感到厌倦了。

十四

把人家敲门叫醒了，
自己却逃了来，多好玩啊，
过去的事情真可怀恋啊。

十五

说那样也好，这样也好的
那种人多快活，
我很想学到他的样子。

三十

那天晚上我想写一封
谁看见了都会
怀念我的长信。

三十二

挨了骂，

哇的一声就哭出来的儿童的心情；

我也想要有那种心情。

三十三

不想忘记那

什么事也不惦念，

匆匆忙忙度过的一天。

三十四

轻轻地叫了自己的名字，

落下泪来的

那十四岁的春天，没法再回去呀。

三十五

说是悲哀也可以说吧，
事物的味道，
我尝得太早了。

周作人　译

Giuseppe Ungaretti

朱塞培·翁加雷蒂 (1888—1970)，意大利20世纪最有影响的抒情诗人之一，意大利隐逸派诗歌重要代表。出生在埃及亚历山大的一个意大利侨民家庭，在非洲度过童年和少年。第一次世界大战期间应征入伍，1912年去巴黎，两年以后到意大利。他最初的诗歌打上了法国象征派和意大利未来派的鲜明印记。他在诗歌中着意抒写生活的辛酸和战争的罪孽，致力于诗歌形式的探索。他的诗作多采用短促、强烈的节奏，富有感染力。法西斯统治时期，他的诗篇表达人类和文明面临巨大的灾难而产生的忧郁情绪。

我已失去了一切

我已失去孩提时的一切
我已不再能在一声叫喊中
使自己的记忆消失

我已将儿童时代
埋葬在黑夜的深渊里
现在，它像一把无形的剑
使我同一切分离

我记得自己以爱你为荣
此刻我在这里，迷失在
无边无际的黑夜中

绝望的情绪在不断增长
生命对我来说，只是
一块哽在喉底的
叫喊的岩石

吕同六　译

佩索亚

Fernando Pessoa

费尔南多·佩索亚(1888—1935)，被认为是20世纪葡萄牙最重要的诗人，被称为20世纪的卡蒙斯，因为他在20世纪初为葡萄牙诗歌开创了一代新风，影响了同时代和下一辈的诗人。他以清新的形象、深沉的思索、流畅的语言，创造出一个个若明若暗的飘忽的诗的意境。

追随你的命运

追随你的命运，
灌浇你的花草，
疼爱你的玫瑰。
别的都是在
属于别人的树荫下。

现实
总是比我们期望的
多一些或者少一些。
只有我们自己
才相等于自己。

只要活着就是幸福。
俭朴的生活
总是伟大而高尚。
把悲哀留在祭坛，
作为给上帝的祭献。

要从远处看生活。
决不要发问。
它从来不能
对你说什么。答复
不属于上帝。

但是要宁静地
在你的心里
模仿奥林匹斯山。
上帝之所以为上帝
因为它决不思想而存在。

王央乐　译

你不喜欢的每一天不是你的

你不喜欢的每一天不是你的
你仅仅度过了它。
无论你过着什么样的
没有喜悦的生活，
你都没有生活。
你无须去爱，
或者去饮酒或者微笑。
阳光倒映在水坑里
就足够了，
如果它令你愉悦。
幸福的人，
把他们的欢乐
放在微小的事物里，
永远也不会剥夺
属于每一天的、天然的财富。

1933年

韦白　译

Thomas Stearns Eliot

托马斯·斯特尔那斯·艾略特（1888—1965），英国诗人、剧作家、文学批评家。现代英美诗歌中极有影响的诗人。早年在哈佛大学读哲学，1908 年受到法国后期象征主义影响，开始从事现代派诗歌创作活动。1917 年出版的诗集《普鲁弗洛克及其他观察到的事物》、1920 年的《诗选》以鲜明的现代感情，标志着与维多利亚时代后期浪漫主义传统的决裂。1922 年发表的长诗《荒原》，被认为表达了西方一代人的幻灭，是英美现代诗歌的里程碑。1927 年艾略特改入英国籍，加入英国国教。长诗《四个四重奏》是艾略特的哲学思想和宗教信仰结合而登峰造极的作品，诗探讨了时间、空间、事物的对立和统一；诗在形式上，模仿四重奏乐曲的形式。1948 年艾略特凭此作品获得诺贝尔文学奖。

给我妻子的献词

这是归你的——那跳跃的欢乐
它使我们醒时的感觉更加敏锐
那欢欣的节奏，它统治着我们睡时的安宁
合二为一的呼吸

爱人们发着彼此气息的躯体
不需要语言就能思考着同一的思想
不需要意义就会喃喃着同样的语言

没有无情的严冬寒风能够冻僵
没有酷烈的赤道炎日能够枯死
那是我们而且只是我们玫瑰园中的玫瑰

但这篇献词是为了让其他人读的
这是公开地向你说的我的私房话

裘小龙　译

阿赫马托娃

Anna Andreyezna Akhmatova

安娜·安德列耶夫娜·阿赫马托娃（1889—1966），苏联女诗人。第一次世界大战前，阿赫马托娃出版了第一本诗集《黄昏》（1912）。当时她是从象征派诗歌中脱胎出来的新的阿克梅派的重要代表人物之一。她的诗歌中倾诉的是少女的私情，尤其喜爱写失恋、孤独、绝望等心理。

十月革命后，她拒绝了出国的诱惑，承受了个人生活中的一切厄运。这些情绪在她的诗歌中都有流露。阿赫马托娃往往被称为“室内诗人”，艺术技巧精湛，文字口语化，形式完美，被誉为俄罗斯文学“白银时代”的灵魂。

阿赫马托娃的创作不予发表时，她翻译了不少国内外诗歌，包括我国屈原的《离骚》和李商隐等人的作品。1964年意大利授予她国际诗歌奖“埃特内·塔奥尔米诺”奖，1965年英国牛津大学赠予她名誉博士学位。

我没有掩起那扇小窗

我没有掩起那扇小窗，
可以直接看到里面的房间。
我现在很快乐，
因为你不能离我而去。
那就把我叫作罪人，
恶意地嘲笑我吧：
我曾是你的失眠，
我曾是你难以忍受的思念。

1916 年

高莽　译

总会有一种普普通通的生活吧

总会有一种普普通通的生活吧，
光，是那么透明、喜悦、温暖……
黄昏时，芳邻和姑娘隔着篱笆交谈，
他们的喁喁情话
只有蜜蜂才能听见。

我们的生活那么郑重、艰难，
我们重视辛酸会晤时的礼典，
只要一阵鲁莽的风突然袭来，
就会把刚刚开始的语丝吹断——

但这座光荣的灾难的花岗石的繁荣城市，
我们决不会用任何东西去交换，
它那宽阔的河面上，水光闪闪，
花园中浓荫蔽日，光线幽暗，
还有缪斯的话音，隐约响在耳边。

高莽　译

故　土

我们不把它珍藏在香囊里，佩在胸前，
我们也不声嘶力竭地为它编写诗篇，
它不扰乱我们辛酸的梦境，
我们也不把它看成天国一般。
我们的心灵里不把它变成
可买可卖的物体，
我们在它的身上患病、吃苦、受难，
也从来不把它挂念。
是啊，对于我们来说，它是套鞋上的土，
是啊，对于我们来说，它是牙齿间的沙，
我们踩它、嚼它、践踏它，
什么东西也不能把它混杂。
可是，当我们躺在它的怀抱里，我们就变成了它，
因此，我们才如此自然地把它称为自己的家。

高莽　译

我们俩不会道别

我们俩不会道别，
肩并肩走个没完。
已经到了黄昏时分，
你沉思，我默默不言。

我们俩走进教堂，看见
祈祷、洗礼、婚娶，
我们俩互不相望，走了出来……
为什么我们俩没有此举？

我们俩来到坟地，
坐在雪地上轻轻叹息，
你用木棍画着宫殿，
将来我们俩永远住在那里。

1917 年

高莽　译

帕斯捷尔纳克

Boris Leonidozich Pasternak

鲍利斯·列奥尼多维奇·帕斯捷尔纳克（1890—1960），苏联著名诗人、翻译家。第一次世界大战前后，他的抒情诗即为读者所喜爱。他写的诗真切、动人，笔触细腻，有浓厚的抒情风味。即使蕴含深刻的哲理，也是以婉转低回的抒情表达出来。他善于描写画面，使整首诗有很强的立体感。语言清新、明快、简洁。他的作品的主题主要是抒发个人感情，调子较为沉郁，但并不悲观。

1957年，发表小说《日瓦戈医生》，由于“在现代抒情诗和俄罗斯伟大叙事诗传统方面取得了重大成就”而获得诺贝尔文学奖，后因受到苏联文坛的猛烈攻击，被迫拒绝诺贝尔奖。

邂　逅

会有一天，雪落满了道路，
盖白了倾斜的屋檐，
我正想出门松松脚——
是你，突然站在门前。
你独身一人，穿着秋大衣，
没戴帽，也没穿长筒靴，
你抑制着内心的激动，
嘴里咀嚼着潮湿的雪。
树木和栅栏
消逝到远远的迷雾中，
你一个人披着雪
站在角落里一动不动。
雪水从头巾上流下，
滚向袖口缓慢地滴落，
点点晶莹的雪粉，
在你那秀发上闪烁。

那一绺秀发的柔光
映亮了：面庞，
头巾和身影，
还有这薄薄的大衣。
雪在睫毛上融化了，
你的眼里充满忧郁，
你的整个身形匀称、和谐，
仿佛是一块整玉雕琢。
你曾是那样被带走的，
我的心灵，
好像被镀了锑的钢刀
深深地划下了血痕。
你那美丽的面容，
将在我的心中永驻，
因此，我不再过问
人世间的残酷。

啊，为了这些回忆，

愿雪中的夜加倍地伸延，

在我们两人的中间，

我不能划开一条分界线。

当我们在世间已不再存在，

只剩下那些年心的审判和创伤，

没有人想去问津

我们是谁，又来自何方？

刘湛秋　译

倘若你爱别人的沉重的十字架

倘若你爱别人的沉重的十字架，
你就会变得美好，正直，
你也就无异于猜中
生命的那种诱惑力的秘密。

春天里听得到梦的私语，
还有新闻和真实发出的沙沙声，
你就来自这样的家族，
你的思想有如空气一样纯净。

你会很容易成熟，也很清醒，
抖落掉心灵中语言的垃圾和灰尘，
畅畅快快地活着前进——
这小小的诀窍教会你做人。

刘湛秋　译

索德格朗

Edith Irene Sodergran

伊迪特·伊蕾内·索德格朗（1892—1923），20世纪初芬兰著名女诗人。索德格朗从幼年时期就开始用德文、法文和俄文写诗，1916年以其第一部诗集《诗》轰动当时的北欧诗坛。索德格朗在瑞典乃至整个北欧现代文学史上占有着十分突出的地位并影响了一代诗风。个人生活的不幸、世界大战给人们造成的精神创伤都在她的作品中留下了印迹。爱情虽然是她偏爱的一个主题，她却终身独处，因而她笔下的爱情往往渗透出冰川般的严峻力量，体现女性的尊严和对自由的执着追求。她的诗节奏铿锵、意象奇特而纷繁，堪称独树一帜。

天冷了下来

时近黄昏，天冷了下来……
啜饮我手中的暖意吧，
我手里的血和春天一样温煦。
拉着我的手，握住我苍白的臂膀，
从我瘦削的肩头汲取热望。
奇怪，我一心渴求，
在今天夜晚，在今天这样的夜晚，
你能把沉甸甸的头偎依在我的胸前。

你把爱情的红玫瑰
投入我清白的怀里；
我用炽热的双手捧着
你那快要枯萎的爱情红玫瑰……
啊，你这冷眼注视我的君主，
我接受你递过来的花冠，
主使我向自己的心屈服。

今天我第一次见到了自己的主人，
我认出了他，不由得浑身打战。
此刻他已把沉重的手放到我柔弱的臂上，
你在哪里啊，我清脆的处女的笑声、
女性的自由和桀骜不驯的情怀？
现在他又紧紧拥住我瑟瑟抖动的躯体，
我听到那铿锵作响的现实
在敲打着我脆弱而又脆弱的梦。

你寻觅着鲜花，
找到的却是果实；
你寻觅着清泉，
找到的却是大海；
你追求一个女人，
却得到了一种精神。
你绝望了。

马思中　译

茨维塔耶娃

Marina Ivanovna Tsvetaeva

玛琳娜·伊万诺夫娜·茨维塔耶娃（1892—1941），苏联著名的诗人、散文家、剧作家，与阿赫马托娃齐名的大诗人。她的诗豪爽、悲壮，以生命和死亡、爱和艺术、时代和祖国等为主题，被誉为不朽的、纪念碑式的诗篇。苏联评论界认为：如果不研究茨维塔耶娃诗作中的佳作，就不能够构成20世纪俄罗斯诗坛的完整概念。

我想和你一起生活

我想和你一起生活
在某个小镇，
共享无尽的黄昏
和绵绵不绝的钟声。
在这个小镇的旅店里——
古老时钟敲出的
微弱响声
像时间轻轻滴落。
有时候，在黄昏，自顶楼某个房间传来
笛声，
吹笛者倚着窗牖，
而窗口大朵郁金香。
此刻你若不爱我，我也不会在意。
在房间中央，一个瓷砖砌成的炉子，
每一块瓷砖上画着一幅画：
一颗心，一艘帆船，一朵玫瑰。

而自我们唯一的窗户张望，
雪，雪，雪。
你会躺成我喜欢的姿势：慵懒，
淡然，冷漠。
一两回点燃火柴的
刺耳声。
你香烟的火苗由旺转弱，
烟的末梢颤抖着，颤抖着
短小灰白的烟蒂——连灰烬
你都懒得弹落——
香烟遂飞舞进火中。

苏杭　译

像这样细细地听

像这样细细地听，如河口
凝神倾听自己的源头。
像这样深深地嗅，嗅一朵
小花，直到知觉化为乌有。

像这样，在蔚蓝的空气里
溶进了无底的渴望。
像这样，在床单的蔚蓝里
孩子遥望记忆的远方。

像这样，莲花般的少年
默默体验血的温泉。
……就像这样，与爱情相恋，
就像这样，落入深渊。

飞白　译

马雅可夫斯基

Vladimir Vladimirovich Mayakovsky

弗拉基米尔·弗拉基密洛维奇·马雅可夫斯基（1893—1930），苏联最有影响的诗人之一，剧作家。早年参加未来派诗歌运动，同时很早就参加了布尔什维克党的活动，曾3次被捕，在狱中阅读大量文学作品，包括莎士比亚和拜伦、托尔斯泰等人的。马雅可夫斯基的诗歌创作极为丰富，诗风别具一格，强调诗歌意境的音响、色彩和运动效果。1930年4月14日，诗人开枪自杀，身后留下13卷诗文。

致俄罗斯

我来了——
海外的鸵鸟，
全身长着蓬松的诗句、格律和韵脚。
我是多么愚蠢啊，竭力想把头埋进音韵的羽毛。

不，我不属于你，畸形的冰雪王国。
灵魂啊，
深深地在羽毛中藏躲！
突然闪现出另一个祖国，
我看见——
南方的生命遭到烧灼。

一个炎热之岛。
化为花瓶——椰树悠悠。
“喂，快让道！”
唉，虚构

被踩碎了。

我只得又——

在时间的沙漠中编织串串足迹，

奔向另一块绿洲。

有些人缩作一团，战战兢兢：

“咱们走开点吧，

他会不会咬人？”

有些人弯腰打躬地奉承。

“妈妈，

妈妈呀，

他会生蛋吗？”

“小乖乖，我也弄不清。

想来应该会生。”

大街瞠目结舌。

楼房笑声粗野。

一股寒气浇到周身凉彻。

千万个指头朝我身上戳，

正当我把年代的山巅翻越。

没啥了不起！哪怕你把我冻结，

用风的刺刀刮光我的羽毛，在所不惜。

舶来的、格格不入的我

可以消灭。

任凭一切十二月疯狂肆虐。

1916 年

飞白　译

叶赛宁

Sergei Alexandrovich Yesenin

谢尔盖·亚历山德罗维奇·叶赛宁（1895—1925），苏联十月革命前后诗坛上极有才华的诗人。15岁开始写诗，他的诗继承了普希金的传统，优美抒情，质朴纯真，充满浓烈的田园风味，散发着清新的泥土香。高尔基十分称赞叶赛宁的诗，说他是“大自然专门为了写诗”“为了表达绵绵不绝的‘田野的哀愁’”，而创造的“一个器官”。叶赛宁也写了许多爱情诗，大都纯洁健康，真切动人。由于诗人在青少年时期历经了俄罗斯农村的凋败和苦难，他的诗往往罩上一层感伤的色彩。可惜，诗人在人间只度过30个春秋，但他在文学上始终孜孜不倦，颇多建树。叶赛宁先后与美国舞蹈家邓肯夫人、托尔斯泰孙女结婚。他放荡不羁、玩世不恭的态度被称为“叶赛宁气质”。

我沿着初雪漫步

我沿着初雪漫步，
心中的力量勃发像怒放的铃兰，
在我的道路上空，夜晚
把蓝色小蜡烛般的星星点燃。

我不知道那是光明还是黑暗，
密林中是风在唱还是公鸡在啼。
也许田野上并不是冬天，
而是许多天鹅落到了草地。

啊，白色的镜面的大地，你多美！
微微的寒意使我血液沸腾！
多么想让我那炽热的身体，
去紧贴白桦袒露的胸襟。

啊，森林的郁郁葱葱的浑浊！

啊，白雪覆盖的原野的惬意！

多想在柳树的枝杈上，

也嫁接上我的两只手臂。

1917年

刘湛秋　译

多美的夜啊，我不能自已

多美的夜啊！我不能自已。
我睡不着。月色那般迷人。
在我的心底仿佛又浮起了
那已经失去的青春。
变冷了的岁月的女友，
不要把戏耍叫作爱情，
让那皎美的月色，
更轻盈地流向我的褥枕。
让它大胆地去勾勒
那些被扭曲了的线条，
你既不能失去爱恋，
你也不会再点燃爱的火苗。
爱情只可能有一次，
所以我对你感到陌生，
菩提树白白地招手，
可我们的双脚已陷入雪堆中。

是的，我知道，你也知道，
那月亮的蓝色的回光。
照在菩提树上，已不见花，
照在菩提树上，只见雪和霜。
我们早已不再相爱了，
你不属于我，而我又交给别人，
我们两个不过是在一起
玩弄了一场不珍贵的爱情。
随便地亲热一会儿，拥抱吧，
在狡诈的热情中亲吻吧，
可让心儿永远只梦见五月，
和那我永远爱恋的人。

1925 年

刘湛秋　译

布莱希特

Bertolt Brecht

贝托尔特·布莱希特（1898—1956），德国著名剧作家、诗人。年轻时曾任剧院编剧和导演，曾投身工人运动。1933年后流亡欧洲大陆。1941年经苏联去美国，但战后遭迫害，1947年返回欧洲。他的诗歌创作始终与德国社会政治生活紧密相连。

纳粹德国侵犯苏联期间，他写了《告东线的德国的兵士们》等一系列诗歌揭示希特勒发动战争的罪恶本质，及其冒险侵略行动必然要遭到失败。1948年他从流亡中回到阔别的祖国，看到法西斯统治12年给予人民物质和精神上的损害，发表了不少诗歌号召人们清除废墟，打扫干净法西斯的影响，建设新的生活。1951年因对戏剧的贡献而获国家奖金。

人间的友情

一

你们，赤裸着身子，
来到这寒风吹彻的人间。
母亲将你们生在襁褓，
你们冰冷地躺着，可没有半点财产。

二

接你们来，没有人让你们坐车，
没有人欢迎，没有人理睬。
当父亲领着你们走路，
谁知道这世上还有你们的存在。

三

这世界不欠你们一点债，
如果你们要走，绝无人拦阻。
孩子们，你跟很多人也许一样，
但也有不少的人因你们而啼哭。

四

从这寒风吹彻的人世离去，
你们带着满头的疥癣和污垢。
几乎每个人都爱过这个世界，
如果有人给他一捧泥土。

马树德　译

洛尔伽

Federico García Lorca

费德里科·加西亚·洛尔伽（1898—1936），20世纪最伟大的西班牙诗人、作家，兼长音乐和绘画，“二七年一代”的代表人物。这位“安达卢西亚之子”把他的诗同西班牙民间歌谣创造性地结合起来，创造出了一种全新的诗体：节奏优美哀婉，形式多样，词句形象，想象丰富，民间色彩浓郁，易于吟唱，同时又显示出超凡的诗艺。

海水谣

在远方，
大海笑盈盈。
浪是牙齿，
天是嘴唇。

不安的少女，你卖的什么，
要把你的乳房耸起？

——先生，我卖的是
大海的水。

乌黑的少年，你带的什么，
和你的血混在一起？

——先生，我带的是
大海的水。

这些咸的眼泪，
妈啊，是从哪儿来的？

——先生，我哭出的是
大海的水。

心儿啊，这苦味儿
是从哪里来的？

——比这苦得多呢，
大海的水。

在远方，
大海笑盈盈。
浪是牙齿，
天是嘴唇。

戴望舒　译

梦游人谣

绿啊，我多么爱你这绿色。
绿的风，绿的树枝。
船在海上，
马在山中。
影子缠在腰间，
她在阳台上做梦。
绿的肌肤，绿的头发，
还有银子般清亮的眼睛。
绿啊，我多么爱你这绿色。
在吉卜赛人的月亮下，
一切都望着她，
而她却看不见它们。
绿啊，我多么爱你这绿色，
霜花的繁星
和那打开黎明之路的

黑暗的鱼一起到来。

无花果用砂纸似的树枝

摩擦着风，

山，未驯服的猫

耸起激怒的龙舌兰。

可是谁将到来？从哪儿？

她徘徊在阳台上，

绿的肌肤，绿的头发，

梦见苦涩的大海。

——朋友，我想

用我的马换你的房子，

用我的马鞍换你的镜子，

把我短刀换你的毛毯。

朋友，我从卡伯拉关口流血回来。

——要是我办得到，年轻人，

这交易一准成功。
可是我已不再是我。
我的房子也不再是我的。
——朋友，我要善终在
我自己的铁床上，
如果可能，
还得有细亚麻被单。
你没有看见我
从胸口到喉咙的伤口？
——你的白衬衫上
染了三百多褐色玫瑰，
你的血还在腥臭地
沿着你腰带渗出。
但我已不再是我，
我的房子也不再是我的。

——至少让我爬上
这高高的阳台；
让我上来，让我
爬上那绿色阳台。
月亮的阳台，
那儿水在回响。
于是这两个伙伴
走向那高高的阳台。
留下一缕血迹。
留下一缕泪痕。
许多铁皮小灯笼
在屋顶上闪烁。
千百个水晶的手鼓，
在伤害黎明。
绿啊，我多么爱你这绿色，

绿的风，绿的树枝。

两个伙伴一起上去。

长风在品尝

苦胆薄荷和玉香草的

奇特味道。

朋友，告诉我，她在哪儿？

你那苦涩的姑娘在哪儿？

她多少次等候你！

她多少次等候你，

冰冷的脸，黑色的头发，

在这绿色阳台上。

那吉卜赛姑娘

在水池上摇曳。

绿的肌肤，绿的头发，

还有银子般清凉的眼睛。

月光的冰柱
在水上扶住她。
夜亲密得
像一个小广场。
醉醺醺的宪警，
正在敲门。
绿啊，我多么爱你这绿色。
绿的风，绿的树枝。
船在海上，
马在山中。

戴望舒　译

夸西莫多

Salvatore Quasimodo

萨瓦多尔·夸西莫多（1901—1968），意大利当代优秀的抒情诗人。出生在西西里铁路员工家庭。青年时期四处漂泊谋生，干过各种职业，饱尝人世辛酸，最后成为米兰音乐学院文学教授。

他以写作“隐逸派”诗歌步入诗坛，但又独具一格。对故乡的讴歌，对童年和青年时期恋人的缅怀，是抒情诗中反复出现的主旋律。这些诗饱含诗人希望摆脱严酷的现实，寄托孤独的心灵，重新获得幸福和青春的思想感情。在那苦难的岁月里，他的诗歌吐露了渴求自由与民主，热爱乡土和人民，维护人的价值的心声，虽然也常常流露出悲观哀伤的情调。

夸西莫多擅长驰骋丰富、浪漫的想象，以鲜明的艺术形象，直接诉诸人的视觉、听觉和幻觉；把内心感受最深的刹那捕捉住，并从自然中摄取意境新巧的景象，情景交融，直抒胸臆，使诗歌情思浓郁，动人心弦。1959年，夸西莫多获诺贝尔文学奖。

岛

对你的爱
怎能不叫我忧伤，
我的家乡？

橘花
或许夹竹桃
清幽的芬芳
在夜空微微荡漾。

一湾碧蓝的流水
催动悄然东去的玫瑰，
落花轻舔堤岸
在静谧的海湾低回。

我依稀回到你的怀抱，
街头隐隐流来

温柔而羞怯的声音，

呼唤我弹拨诗人的弦琴，

我茫茫然，

这似乎是童年

又仿佛是爱情。

一腔乡思

蓦然翩飞，

我赶忙潜进

留不住的逍遥往事。

吕同六　译

海　涛

多少个夜晚
我听到大海的轻涛细浪
拍打柔和的海滩，
抒出了一阵阵温情的
软声款语。
仿佛从消逝的岁月里
传来一个亲切的声音，
掠过我的记忆的脑海
发出袅袅不断的
回音。
仿佛海鸥
悠长低回的啼声；
或许是
鸟儿向平原飞翔，
迎接旖旎的春光，
婉转地欢唱。

你

与我——

在那难忘的年月，

伴随着海涛的悄声碎语，

曾是何等亲密相爱。

啊，我多么希望

我的怀念的回音，

像这茫茫黑夜里

大海的轻波细浪，

飘然来到你的身旁。

吕同六　译

Dylan Thomas

狄兰·托马斯(1914—1953)，英国著名诗人，人称“疯狂的狄兰”。托马斯很早就表现出对于文学的特殊兴趣，中学的时候曾担任学校刊物的主编，1946年发表人生中最重要的一部诗集《死亡和出场》，被认为是继奥登以后英国又一位重要诗人。他的抒情诗被认为是20世纪最具感染力的浪漫派诗歌。但由于他奇异的想象是基于许多来源的，包括威尔士的民间传统，基督教的象征主义和弗洛伊德的精神分析理论，所以他作品的表现形式常常被人们认为属于超现实主义。

1953年11月9日，诗人因连喝了18杯威士忌而暴毙，年仅39岁。

不要温和地走进那个良夜

不要温和地走进那个良夜，
老年应当在日暮时燃烧咆哮；
怒斥，怒斥光明的消逝。

虽然智慧的人临终时懂得黑暗有理，
因为他们的话没有迸发出闪电，他们
也并不温和地走进那个良夜。

善良的人，当最后一浪过去，高呼他们脆弱的善行
可能曾会多么光辉地在绿色的海湾里舞蹈，
怒斥，怒斥光明的消逝。

狂暴的人抓住并歌唱过翱翔的太阳，
懂得，但为时太晚，他们使太阳在途中悲伤，
也并不温和地走进那个良夜。

严肃的人，接近死亡，用炫目的视觉看出
失明的眼睛可以像流星一样闪耀欢欣，
怒斥，怒斥光明的消逝。

您啊，我的父亲，在那悲哀的高处，
现在用您的热泪诅咒我，祝福我吧，我求您
不要温和地走进那个良夜。
怒斥，怒斥光明的消逝。

巫宁坤　译

卡斯米

Ahmed Nadim kasmi

艾哈迈德·纳迪姆·卡斯米（1916—2006），巴基斯坦当代著名诗人，小说家。出身于旁遮普农村一个自耕农家庭，毕业后任公务员和多种报刊编辑，后辞去公职，专事文学创作。他的诗取材广泛，反映现实，同情苦难的劳动人民，表现农牧民和船民的劳动和生活，且富有乡村特色，因而被誉为“旁遮普的乡村歌手”。

今天和明天

谁今天去播下种子，
明天他就能在田里采集秧苗，
谁今天可耻地意志消沉，
明天他就会痛苦地死掉。
最好在自己的斗争中去感受一切：
欢乐、苦难、悲悼，
因为通向未来的光辉胜利，
道路只有前进一条！
你若想明天砌座房子，
今天就得准备好石头，
你若想明天活在世上，
今天就得选择好朋友。
你若要明天获得自由，
就得一心冲出地狱，
因为开启明天的钥匙，
今天你已经掌握在手！

宋兆霖　译

声 明

本书选编过程中，得到了很多诗友的热情帮助和大力支持。但虽经多方努力寻找，仍有部分译者未能联系到。我们诚挚希望译作的版权所有人见书后与我社联系，以便我们及时奉上薄薪和样书。

联系电话：024-23284390

电子邮箱：307513985@qq.com

联系人：韩喆

春风文艺出版社